風に吹かれて

—開業医の食道ガン病床雑記

久賀征哉

賀正
二〇〇〇、元旦
生と死のはざまにゆれて
年が明け

はじめに

平成十（一九九八）年六月に食道ガンの手術を受けて、ちょうど一年目にして、肺への転移が見つかりました。五十七歳と六カ月の初夏です。

今回は、手術も放射線治療も適応がなく、抗ガン剤治療だけを頼りに、近くの医師会病院に入院しました。

一九九九年の三月、地元の医師会誌「医艸」に求められるままに「生と死のはざまに」と題して、一開業医のガン体験記を投稿したのですが、それは急の来客に慌てて作った手料理のようなものでした。

材料もあまり吟味せず、味つけもとりあえず、即席でお客様に出してしまった料理のようで、できればもう少しきちんと調理し直して、お出ししてみたいと思ったわけです。

柳田邦男氏の『かけがえのない日々』（新潮文庫）という本の中に、「男の深層心理には、自分がこの世に生きたという証しをなんらかの形で遺したいという、いわゆるモニメンタリズムがある」と記されています。

芸術家なら絵や写真が、音楽家ならCDやレコードが、文筆家なら文芸作品が、それぞれに生きてきた証として作品の中に遺るのでしょうが、さしたる取り得もない一市井の徒にとっても、何かを遺しておきたいとの思いはあります。

ガンは、日本人の死因の一位になっています。今や日本人の三人に一人がかかるというポピュラーな病気です。ガン体験記など、今更珍しくもないでしょうが、私にとっては貴重な体験です。

私はこれまで医者として、病をどう防ぐか、病をどう治すか、患者さんとどう向き合うかについては、それなりに心してきたつもりです。しかし、病とどう生きるか、ガンとどう付き合うか、それは、私にとって全く新しい経験です。

医者が患者となって過ごしてきたこの一年あまりを振り返りながら、体と心でひしと感じてきた思いを、拙《つたな》いながらも書き残したい、そんな衝動に駆られて筆を執っています。

健康であることに越したことはありませんが、病気が不幸だとはかぎりません。（略）病気になったら、ほとけさまのはからいで病気にしてくださったのだと思い、一刻も早く幸せな病人になればいいのです。

（略）病気になれば、病気がほとけさまからいただいた今の自分だと、ありのままを受け止めることです。そして、しっかりと病人として生き、そのなかで幸せを見つけるのです。

（『わたしの歎異抄』ひろさちやより）


残された人生の時間を逆算できる。突然の生の中断ではなく、生の完結を実感できる……という意味では、ガンという病気は、案外幸せな病気なのかもしれません。

生と死のはざまに心をスウィングさせながら、元気であれば、ふだん意識することのなかった私自身の生死の問題を、今、じっくりと考えてみたいのです。

久賀征哉

風に吹かれて◉目　次

死との対話——転移性肺ガンが見つかって

医師として患者として

装幀＝秋山健治
本文挿画＝久賀征哉

発病

ガンの予兆

去年の春

今年の桜は、格段と艶《つや》やかで美しい。

舞い散る花びらの一片《ひとひら》がいとおしい。

生きている喜び、生かされている有難さの映しなのでしょうか。

思えば去年の今頃はまだ、自分が食道ガンで、十カ月にも及ぶ入院生活を送ろうなどとは、露ほどにも思ってはいませんでした。神ならぬ身の知る由もなし、ではありますが……。

実は、兆候はあったのです。気に留めなかったというのか、気づこうとしなかったのかもしれません。

去年の春頃、すでに体重は少しずつ減っていましたし、右側を下にして寝た時の上腹部の不快感、痛みなど決して尋常ではありませんでした。特にあの頃、ゴルフをしていて感じていた急激な体力の低下は、体調の変化を予想するのに充分なものがあったはずなのです。

ただ、十年程前から血糖値が高く、その上ほとんど毎日、晩酌にビールを欠かさなかった私は、体重減少は糖尿病コントロールのための食事制限と運動療法の成果かなと思い、あるいは糖尿病の悪化やアルコール性肝障害などを疑ってはみたものの、二、三カ月ごとに行っていた血液検査には特に異常を認めず、さして気に留めることもなく日が過ぎていきました。

さらに、私には若い頃からひどい胸焼けがあり、加えて時々発作的に襲ってくる猛烈な心窩部痛、絞るような、時に張り裂けるような痛みを、「逆流性食道炎及び食道痙攣」と診断していたのですが、この数カ月それらの症状がいつのまにか消えていたのです。自分では老化現象により胃酸分泌が減少したのと、食道括約筋が硬化したために症状がなくなったのだ、などと勝手に理屈づけをして納得していました。

愚かにも「医者は己や身内のことになると甘く考えるか、必要以上に重大視するかどちらかに傾く。少なくとも冷静に事を観ることができない」と聞いたことがありますが、まさに己の身体に今、何が起こっているのか真剣に気づこうとはしなかったのです。

永久に忘れない日

平成十（一九九八）年五月三日、その日は三連休の初日で、医師会の仲間数人とゴルフに行った帰りに甘木のホルモン焼き屋へ立ち寄りました。

生ビールを傾け、ホルモンを食べ始めた矢先でした。ホルモンの一塊を噛み砕けないまま飲み込もうとして、突然その塊が喉につまったのです。ビールで流し込もうとしたのですが、飲み込むことも吐き出すこともできず目を白黒させながらトイレへと駆け込み、指を突っ込んでやっとの思いで吐き出しました。

脂汗を拭きながら席に戻った私に、皆が「大丈夫？」と声をかけてくれたのですが、尋常ではありません。「これはおかしい」、さすがの私も異常に気づきました。

その日はそのまま皆と別れて家へ帰り、連休が明けて次の木曜日、医師会病院の朝礼に行くのを機会に、大学時代の同級生である古賀副院長に胃ファイバー検査を頼むことにしました。

五月七日、喉までファイバーを入れ、暫く眺めていた古賀先生は、「これは炎症がひどいや。これ以上中へ入らない」と言って、生検を終えた後ファイバーを抜きました。

「バリウムを飲んで！　透視をしよう」

透視室へと移りました。

やがて、出来上がったフィルムの数葉がシャーカステンにかけられました。食道が描出されたフィルムに見入っていた二人の間に、暫くの沈黙が続きます。

そこには、食道の上下一〇センチ以上にわたって、明らかな狭窄が映し出されていたのです。

「どうする？」

「手術せにゃあ、しょうがなかろうね」

「どこでしたい？」

「久留米大学でよかろうもん」

淡々と、極めて短い会話でした。

それからすぐ、古賀先生は久留米大学に電話を入れ、食道外科を専門にあつかっている藤田助教授宛ての紹介状を書いてくれました。

受診日が翌週の月曜日と決まった私は、自分の診療所に戻り、毎週木曜日に大学から来てくれているM先生にだけ、自分が進行性の食道ガンであり、近日中に手術のため入院になるであろうことを話し、後事を託すことにしました。

その日の午後は、小郡カントリークラブでソロプチミストのチャリティーゴルフ大会が予定されていました。妻にはまだ何も告げず、いつものようにゴルフ場へと車を走らせたのです。

ゴルフコンペは、ライオンズクラブのメンバーと同伴で参加しました。

この日の私のスコアは一〇〇に近かったと思います。さすがに集中力を欠き、自分では惨めなスコアと思ってプレイを終えたのですが、コンペはダブルペリア方式で行われ、二十いくつかのハンディをいただいたため、結果は百数十人中八位という望外の成績でした。

ちなみにこの頃、私のオフィシャルハンディは、数年越しの一〇で、「吹き溜まりの一〇」と言われていましたが、できればシングルプレイヤーになりたいとの欲を出していた頃でもあったのです。

妻にはその夜、私の体がガンに蝕まれていることを話しました。冷静に話したつもりですが、妻の反応がどのようなものだったのか記憶にありません。

ガン告知自ら降《くだ》す初夏の昼
ガンと知るシャーカステンに初夏の風

〔一九九八年五月七日〕

手　術

消化器病センターへ

五月十一日、妻を伴って久留米大学病院へと向かいました。

大学病院の総合診療棟は新築されたばかりで、玄関フロアはまるで空港ロビーのような雰囲気でした。エスカレーターで三階へと昇り、消化器病センターと書かれた待合室で藤田助教授の診察を待ちました。藤田先生は、温厚そうな、外科医にしては穏やかな方でした。紹介状に目を通し、持参したレントゲン写真を見、ひととおりの診察を終えた後、採血→胸写→頸部・腹部エコー→内視鏡の順で検査が指示されました。

この日の胃ファイバースコープは、医師会病院の時と違い、食道狭窄部を通って胃の中まで見ようというのですから、その痛さたるや並大抵ではありません。必死になって手を握り締め苦行に堪えていたつもりですが、私のうめき声がひどかったのでしょうか、途中でペンタジン（鎮痛剤）とアタラックスＰ（鎮静剤）を注射されたようです。

やがて狭くなった食道を押し広げて胃内に入って暫くして、「アントルム（幽門部＝胃の出口のところ）に発赤がある。バイオプシー（生検）！」との声が枕元で聞こえました。

検査が終わった時は、グッタリとなっていました。暫く隣の部屋のベッドに寝かされた後、再び藤田先生の診察になりました。二度目の診察時にどんな会話があったのか、よく覚えていません。とにかく入院の予約をすませ、その後、外科の医局に寄って教授、助教授、医局長らと会い、私が入院した後の医師派遣をお願いして帰路につきました。

疲労困憊《こんぱい》。帰りのタクシーの中で、妻との会話は一言もありませんでした。朝七時半に家を出て、帰り着いたのは夕方の七時をまわっていました。

入院と手術を決意する

その頃、私のスケジュール帖はいろんな予定で真っ黒になっていました。医師会行事に、ゴルフ、高校同窓会の用事に、親戚の結婚式にと、できればどれもはずしたくはありませんでした。

　それに前年暮れから医薬分業にしたことや、医療保険改訂による患者負担の増加などの影響で、患者さんも減っていました。入院を決意するのには色々と後髪を引かれる思いがあったのです。できることなら病気を放っておきたい気持ちでしたが、ことは「ガン」です。放置すれば早晩、食道狭窄が進んで食事が全く通らなくなるだろうということも、ガンが刻々と全身を蝕み命を落とすだろうということもわかっていました。

　とにかく入院を決意するしかありません。


　五月十八日、H氏夫妻の車に乗せていただき、久留米大学病院に入院しました。外科病棟は、五月に新築されたばかりの総合診療棟の中です。食道外科は七階ですが、部屋が空いていないとのことで、とりあえず五階の部屋に入ることになりました。この部屋は窓の外が隣の建物に遮られていて、外の景色が全く見えません。後日移った七階の病室は西と南に大きく窓が開けた特室で、窓外の景色や雲の流れが、術後の傷んだ心を優しく癒してくれました。なかでも八月、西の窓から眺めた筑後川河畔の花火大会は圧巻でした。

入院の翌日から早速、様々な術前検査が始まりました。胸部CT、骨シンチ、バイシクルエルゴメーターによる心肺機能検査、胃透視、食道ファイバースコープ、気管支ファイバースコープ、歯科・耳鼻科受診などなど。

そして、手術に備えて自己血貯血が週一回四〇〇ccずつ、トータル一二〇〇ccが採血されることになりました。

インフォームド・コンセント

すべての検査がすんで、いよいよ術前の説明となりました。立ち会ったのは、私と妻と妻の母と親戚の若い外科医です。

説明は、ホワイトボードを使ってかなり詳しいものでした。食道の上下一〇センチ以上に狭窄があり、その上下五センチずつにもガン浸潤を認めること。胃幽門部の粘膜からも別のガン（胃ガン）が見つかったこと。食道ガンはすでに進行しており、一部に気管や大動脈への浸潤が疑われること。遠隔転移は見られないものの近傍リンパ節は、二、三カ所腫大していることなどでした。

そのため、手術は食道をほぼ全摘し、胃も部分切除した後、胃をロール状にして食道を再建し、胃の下方でルーY型胃腸吻合を行うというものですが、食道再建術には三つの方法があり、それぞれに一長一短があるため、どれを取るかは自分で選べと言われるのです。

食道再建の方法としては、

①胸骨前で残った食道と胃をつなぐ
②胸骨の後、前縦隔でつなぐ
③元々、食道があった胸腔内後縦隔でつなぐ

と、大きく三つの方法があります。

この他にも、結腸を利用する方法、空腸を利用する方法などもあり、それぞれに利点も欠点もあるのです。

弱りました。一介の開業医にとって、最先端の食道ガン手術法のよし悪しなどわかろうはずがありません。

「先生がよいと思われる最善の方法でお願いします」としか言いようがありませんでした。

結局、縫合不全や後々の再発などを考えると、見かけは悪いが胸骨前で食道再建することに同意しました。

今、盛んにいわれているインフォームド・コンセント（「説明と同意」）とは本来、充分な説明を受けた上で、本人の納得と自己責任のもとに同意をするということでしょうが、外科医である私でも実態はこの有り様《さま》です。医学知識のない一般の方に、どう説明すれば充分な理解を得ることができるのだろうか、果たして本当に納得のいく説明が可能なのだろうか、との疑問を感じています。

今一つ厄介なことに、私には糖尿病があるのです。術後の縫合不全を予防するため、胃噴門部近くの血管と鎖骨下動脈の枝の間で血管吻合術を施行することが提案されました。

さらに説明は続き、局所の進行度、リンパ節腫大、遠隔転移の有無などから、術後の五年間の生存率は五〇パーセント、手術の危険率（在院死亡率）は二、三パーセントと知らされました。

手術は開腹、開胸、頸部手術となるため、三人分の手術を一人で受けることになり、手術時間も十五、六時間に及ぶだろう、との説明でしたが、不思議と心の動揺はありませんでした。そんなものだろうと予測はしていましたし、医者としての知識もありました。

死が恐くないと言えば、いかにも強がりに聞こえましょうが、感性が鈍いのか、デリカシーに欠けているのか、あるいは死の実感がないのか、死ぬこと自体も死後の世界もそれほど恐いとは思いませんでした。

ただ気の小さな私が、術後の痛みに果たして堪えられるだろうか。もがき、苦しむのだけは、なんとか避けさせてほしいと願っていました。

幸い、私の心配は杞憂《きゆう》に終わります。現代医学の術後疼痛管理は思った以上に進んでいるのです。術後は、ただ夢の中。

(死が恐くないなどと、そんな神経の荒い医者には命は預けられない、とどこから声が聞こえてきそうです。やはり本当は、死は死ぬほど恐いのです)

日記から

手術を数日後に控えた日記に、次のようなことを書いています。

もし、私がイスラム教徒なら、ただ一言「インシャラー」（神の御心のままに）。

もし、私がキリスト教となら、

「神がまだ私をこの世に必要と思し召しあらば、命永らえようし、もはやこの世に必要なしと判断されれば天に召されようし、あるいは、もっと試練に耐えよとの思し召しであれば、さらに過酷な前途が待ちかまえているであろう。すべては神の思し召しのままに。アーメン」

と祈るところであろう。が、それほど信心深くもない仏教徒の私は、今、なんと言って阿弥陀様におすがりすればよいのだろうか。

小生の術後五年生存率は五〇パーセント。命永らえるか否かは五分と五分、今さら命乞いをするつもりはないが、あまり苦しみたくはない。往くべき時が来たら、さっさとお迎えに来ていただきたい。

大往生というには若過ぎようが、生ある限り思い切りよく生きて、往くべき時がきたら潔く往く。後顧の憂いなく、後事に未練がないなどとは言えないが、欲を言えばきりがない。後に残される家族、子供達のことを思うと不憫で涙が出るが、これも試練か。

父を亡くすことで、子が自立し強くなる。天の配剤か。

人間五十年、化天《けてん》のうちを較ぶれば、夢幻《ゆめまぼろし》の如くなり。
一度《ひとたび》生を稟《う》け、滅せぬもののあるべしや。

（注　化天＝化楽天。仏語。六欲天の第五、トソツ天の上、三十二万由旬の所にある天、ここに生れたものは、自ら五塵を化して娯楽し、寿八千歳に至るという）

命蘇《よみがえ》る日

六月十日、いよいよ手術日の朝、基礎麻酔を受け、ストレッチャーから手術台に移された私に、「まず、二カ所に硬膜外チューブを入れます」との声が聞こえました。側臥位となり、背中にチクリと針の刺さる痛みを感じましたが、その後はしだいに意識が薄れていきました。

長い時間を静謐《せいひつ》な暗闇の中にいたような気がします。

やがて、忽然《こつぜん》として私は西部劇の荒野にいました。馬に乗り、岩と灌木の乾いた大地を走っているのです。背中に明るい光を受け、逆光のため、顔はしかとは見えませんが、確かに私自身です。その時、目の前に大きな岩が立ちはだかります。すると突然に馬は幌馬車に変わり、先端が削岩機となり、前方の大きな岩を砕こうとするのですが、岩はなかなか割れません。

暫くすると、下腹部に異様な重苦しさを感じ、しだいに現実の世界へと引き戻されていきました。

どうやってコンタクトをとったのかわかりませんが、看護婦さんの手のひらに「うんこ」と何回も書いていました。「おしめがすけてあるから大丈夫。そのまま出していいとよ」と言われましたが、寝た状態ではお腹に力が入りません。暫くして「浣腸しましょう」ということになりました。大きな塊が二つ、三つ出て、お尻のまわりが妙になま暖かくなった頃、完全に目が覚めていました。

ああ、生きている！

目を開けた私は、真新しい天井をただじっと見つめていました。

後で聞いたところによれば、手術からすでに三週間近くが経っていたのです。手術直後は、急性呼吸不全と高度の黄疸のため、かなり危険な状態にあったとのことでした。

これも後で聞いた話、実際は一週間以上前からすでに、ＩＣＵに出入りする看護婦さんや家族と、適当に応対していたとのことですが、私には全く記憶がありません。二日酔いの朝、前夜のことをすっかり忘れているのと同じ現象なのでしょうか。

それから二、三日してＩＣＵから隣の部屋へと移されました。

幸い、痛みは全くありませんでしたが、ＩＣＵの一角とはいえ、その部屋には看護婦さんが常時いるわけではありません。「用事があったらナースコールを押してください。詰所からとんできますから」と言われましたが、気管切開されていて声は出ず、しかもしょっちゅう喉に痰がつまって、頻繁に気管支ファイバーによる喀痰《かったん》吸引を必要としていた私は不安でたまりません。家内に「今夜から泊まって欲しい」と、小さなホワイトボードを使って必死に訴えていました。

まさに母親にすがる幼子の思いです。

入院の日々

夏の終わり

七月一日に一般病棟の自室へ移りました。手術から三週間目です。

やがてベッドの傍らにおいたポータブルトイレを使用できるようになり、放射線治療と抗ガン剤の点滴注射が始まりました。「実績のない治療はしない」との藤田先生の方針で、放射線治療三十回と、抗ガン剤はシスプラチン七〇ミリグラムを週一回、三クール（特定の治療を続ける期間）と５Fuの点滴ということになりました（シスプラチンは白金化合物で、副作用として、腎機能低下や骨髄機能抑制が起こりやすいため大量の生理食塩水と一緒に点滴静注する）。

過酷な日々が始まります。副作用による嘔気、嘔吐、食欲不振、全身倦怠感などのため、体力は日増しに落ちていくようでした。

放射線治療室は、旧館の奥まった一角にあります。看護婦さんに車椅子で送り迎えをしてもらい、土・日・祭日以外は毎日通いました。

待合室では数人の患者さんや付き添いの人達と顔見知りになり、挨拶を交わすようになりました。挨拶といっても、こちらは声が出ませんから会釈をする程度ですが、放射線治療に通って来る患者さん達にガン患者の暗さはほとんど感じられません。笑い声こそありませんが、笑顔で交わす会釈に、ほっと救われる思いの日々でした。

放射線治療に通い始めた頃、旧館の中庭は、今日を限りと鳴き競う蟬時雨《せみしぐれ》につつまれていましたが、八月に入ると、とたんにその声が弱くなり、やがてあれほどけたたましかったクマゼミの声はすっかり途絶え、ツクツクホウシの間延びした、物憂げな鳴き声へと変わっていきました。

命には、終わりがある……。廊下を渡りながら、なんとなく納得していました。

声が戻った日

この頃は、まだ気管切開孔にはカニューレが入ったままで声は出ません。面会の知人や家族とはもっぱら筆談で、一日に七、八枚のレポート用紙を書きつぶしていました。しゃべれないことのもどかしさを、いやというほど味わった時期でした。

ある日、カニューレが入れ換えられ、カニューレの口を押さえて「アーと声を出してみてください」と言われました。言われるままに「アー」と言うと、かすれて、わずかではありますが声が出たのです。

その日、カニューレの口を押さえて何度も何度も「アー」、「イー」、「ウー」と声を出していました。

片側の反回神経を切断されていたため、ひょっとしたら声は出ないかもしれない、と説明されていたのです。

日常会話がなんとかできるようになるには、この後二回の声帯内シリコン注入と、大学病院を退院するまでの四カ月間、スピーチクリニックに通って訓練しなければなりませんでした。

リハビリ室から

八月の終わり頃、手の指がうまく動かないことに気づきました。右手は、筆談で毎日使っていたため、それほどひどくはないのですが、左手指の関節が自由にならないのです。

指の関節が曲がらず、握り拳ができません。まっすぐに伸ばすこともできないのです。主治医に話し、整形外科の診察を受けました。診断名は、「廃用性機能障害」。三カ月弱使わなかったために起こった、関節の拘縮《こうしゅく》との説明でした。

早速、リハビリが始まりました。パラフィン浴やバイブラバスに続く理学療法士によるマッサージと機能訓練は、拷問もかくやと思われるほどの苦痛を伴うものでしたが、機能障害は今もまだ治らないままです。

久留米大学病院のリハビリ室は、昭和初期に建てられた旧病棟の三階にあります。今はすでに病室としては使われていない中三階の病棟を通って、昼でも薄暗い廊下に出ると、その右手の先にリハビリ室があります。

リハビリ室はかつての病室を三部屋ほどぶち抜いて作られた広々とした空間ですが、私が行く午後の時間帯は人影もまばらです。三、四人の理学療法士や作業療法士が、ほとんど患者さんとマンツーマンで機能訓練を行っていました。

時には老夫婦や中高年の男女にも会いますが、夕方からは学校帰りの中・高校生や大学生らしい若い人達で賑やかになります。松葉杖をついた子や車椅子の子や、いかにもギプスを外したばかりと見られる若者などが、その訓練に悲鳴をあげたり、時には松葉杖でサッカーボールを転がし、歓声をあげながら戯れています。

この頃、私の心は沈んでいました。手術はなんとか無事すんだものの、放射線治療と抗ガン剤治療の副作用で体調は思わしくなく、その上先行きどうなるのかわからない不安に、やり場のないいらだちをつのらせていたのです。

そんな折、「五体不満足」な少年少女達の潑剌とした笑顔はまさに救いでした。屈託のない笑い声、訓練の痛みに上げる悲鳴までもが明るいものに聞こえました。

三階の窓から見える銀杏の梢は、濃緑色からしだいに黄色く色づいていきます。その実が熟して地上に落ちる頃になっても、私の指と肩関節の拘縮は治りませんでしたが、リハビリ室にあふれる若さと明るさに誘われるように、看護婦さんや看護助手さんに車椅子を押してもらいながらリハビリ室へと通い続けました。

時には、窓の外には秋の雨が静かに降っていましたが、そのかすかな雨音さえもが、乾いた心をゆっくりと癒してくれました。

ワインリモナーデ

八月のある日、古賀道弘名誉教授がお見舞いに来てくださいました。古賀先生は、私が外科学教室に入局した時の主任教授です。

学生時代、所属していた剣道部の部長であり、郷里が同じであったことなどから、その人柄に惹《ひ》かれ、自ら求めた恩師です。

会話の中で、私がなかなか食事が進まないことを訴えた時のことです。病棟婦長を呼び、「久賀君にポートワインを飲ませてあげなさい」と言われました。

「ポートワイン」。懐かしい言葉です。昔、赤玉ポートワイン、白玉ポートワインというのがあったことを思い出しました。

七階の病棟婦長は、私が入局した翌年に久留米大学附属看護学校を卒業し、数年間を同じ中一階病棟の職場で、古賀教授の下に働いた旧知の仲です。

翌日から「ワイン」が処方されました。

「ワインリモナーデ」。それは希塩酸をワインで割ったもので、食欲増進剤として昔からある処方ですが、病院で唯一、公然と飲むことのできるアルコール飲料なのです。

食前服用として処方されましたが、病院の薬局から出されたワインは、甘いばかりで、すっきりした飲み味というわけにはいきません。

処方された分がなくなる頃を見計らって、友人の酒屋さんに頼んで、本物の外国産の赤ワインを差し入れてもらいました。

ワインを飲み出しても食欲は出ませんでしたが、グラスを通してみるワインレッドは、今、生きていることを実感させるにふさわしい生気の色を感じさせてくれるものでした。

古賀先生は、この後も、大学病院に入院中、二度、三度、病室を訪ねてくださいました。さらに、甘木朝倉医師会病院に移ってからは、ほとんど毎週土曜日に病院顧問として勤務される度《たび》に、部屋に寄っていただきました。

恩師の訪問にどんなに力づけられたかわかりません。

死を直視する覚悟

大分、体調を快復したある日、藤田先生より術後の説明がありました。

術後診断は、①食道ガン及び胃ガン、②食道ガンが気管へ浸潤しており、一部を遺残した。③転移したリンパ節が右側の反回神経を巻き込んでいたため、右反回神経を切断した、というものでした。抗ガン剤と放射線治療が効を奏したのでしょうか、術後の気管支ファイバー検査では、気管に遺残したガンは消失しているようです。

間もなく退院してもよいということになり、十一月半ばに大学病院から甘木朝倉医師会病院へと転院しましたが、食事がなかなか入らず、三月末まで経腸栄養に頼る日が続きます。

術後の説明の時、「大学二年生の息子が一人前になるまで、なんとかもてるでしょうか」と尋ねました。藤田先生は一瞬困ったような顔をされた後、「それは無理でしょう」とおっしゃいました。

先生は、医師として事実をありのままに言われただけなのでしょうが、私には、「えっ、医者のくせにそのくらいのこともわかってないの」というか、「医者でも自分のことになると認識はその程度か」と見透かされたようで、その後の質問が続きませんでした。

五年生存率五〇パーセントは、すでに術前にわかっていたことなのです。死を直視するきっかけとなった一瞬ですが、死ぬ時がくれば死ねばよい、と開き直った瞬間でもありました。

少し古い成書では、食道ガン術後の五年生存率は三〇パーセント以下なのです。

命輝けるあしたへ

一九九九年三月、手術から十カ月が経ちました。

これから先どうなるのかさっぱりわかりません。

前にも述べたように、死ぬことが恐くないと言えばいかにも傲慢《ごうまん》に聞こえましょうが、死そのものをそれほど恐れてはいません。死ぬことよりも、死に至る過程でのもだえ、あがき、苦しみ、特にガン末期の苦痛に果たしてどこまで堪えられるのか、正直言って自信がありません。

毅然と運命に対峙《たいじ》した後に、従容《しょうよう》として死に赴くという心境にはとうていなれませんが、できれば最後は心安らかに逝《い》かせてもらいたいと願っています。

医者のくせに何を言うか、とお叱りを受けるかもわかりません。

私も医者として、これまで数多くの死を看取ってきましたが、その姿勢は「安らかな最期を」というよりは、「一日でも一時間でも息永らえさせることこそが医者の務めである」とばかりに、なんとかして生かすことのみに必死になっていたような気がします。

何故あの時、「安心して成仏してください」と言って、優しく手を握ってあげることができなかったのか……。

そんな私が今、「自分だけ楽に逝かせてください」というのは、いかにも厚かましい願いであるとは思うのですが、それでも自分のこととなると、なるだけ安楽な最期をと望んでしまうのです。

「限られた命」と言っても、今日、明日とさし迫ったものではありませんが、ガン以外でも今日、明日に死なないという保証もありません。

「生者必滅」の理《ことわり》をいうまでもなく、生まれた者は必ず死にます。

「朝《あした》には紅顔あって、夕《ゆうべ》には白骨となれる身なり」とは、意識の中にはしっかりと定着しているつもりですが、いざとなったら見苦しくジタバタするのかもしれません。

私はこれまで、医者として「生の臨床」についてはいくらか勉強してきたつもりですが、「死の臨床」については、残念ながら無知です。E・キューブラー・ロス女史が、『死ぬ瞬間』という著書の中で、多くのガン患者の死に至るまでの過程をチャートで示し、①死の否認と孤立、②死への怒り、③死との取り引き、④抑鬱、を経て、⑤死の受容、に至る、といっていますが、私自身のガン患者体験の中では必ずしもチャート通りに死に至るものでもなさそうな気がします。

アメリカ人と日本人との違いというか、キリスト教と仏教の死の受容に相違があるのかもしれませんが、病は時によくも悪くもなります。その振幅の中で、寄せては返す波のように様々な思いを繰り返すうちに、「まあ、死も仕方がないか」と受容していくもののような気がします。

あるいは苦楽生死、対極するはざまに振り子のように揺れながら、氷が融けて水になるように、死に向かって歩いていくのかもしれません。

仏教徒にとって生死は一如、すべては阿弥陀様の「はからい」と教えられているのです。

幸い、私にはまだ残された時間があります。突発事故にでも遭わない限りは三、四年は生きられるはずです。あるいは、死はもっと先送りできるのかもしれません。待っていてくださる患者さんがいる。待っていてくれる職員がいる。家族がいる。友がいる。それは再起への大きな励みです。

『死ぬための生き方』という本の中に、ドイツ文学者であるトマス・インモースさんの、

私の身体《からだ》の中にガンが見つかったなら、どうかそうと教えて欲しい。泣き出さぬ保証はどこにもないが、そんな不様《ぶざま》な自分の姿をも含めて、ガンとともに生きる、という私が初めて体験する生を、できるだけ意識的に経験し、楽しみたいからである。

という一文がありますが、全く同感です。

ガンと共生することで、生活に張りができ、「生命の大切さ」、「人生の重み」、「生きている喜び」を味わえるのであれば、これに優る経験はないと思うのです。

命輝けるあしたへ……。日々刻々の生を輝かしていたいのです。

〔一九九九年四月〕

死との対話

——転移性肺ガンが見つかって

死の受容

前章までは、平成十一（一九九九）年四月に地元の医師会誌「医艸」に載せるために執筆したものです。その後、六月に、肺に多発性のガン転移が見つかり、残された時間が後何カ月なのか、それとも何年なのかわからなくなりました。

六月の半ば頃、「医艸」の原稿を校正しながら、余命を五、六年としたり、一、二年としたり、書いては消し、消しては書きをくり返しました。

五、六年の余命では、医者のくせに現実が認識できていないと思われそうですし、一、二年では読んだ人が対応に戸惑うだろうなあ、などと考えながら、結局、余命三、四年と書きましたが、後、三、四年の余命をできればなんとか六十までは……、とは私の希望です。

六十に別に根拠があるわけでも、こだわりがあるわけでもありません。

父は享年六十九歳、私を弟のように可愛がってくれた父の従弟は四十九歳、そして私の実母は二十九歳、叔母は三十九歳で他界しています。それからすると、私の往く歳は五十九か……。なんとかこれを一年でも先延ばしできないものか、と願っているのです。

とは言え、両肺野に多発性の転移性ガンが見つかり、さらに肋骨に骨転移が見つかった今、客観的には余命六カ月がよいところでしょうか。

死は、私にとって決して遠い将来のことではなくなりました。死ぬことが難しいことか、容易《やさし》いことかはわかりませんが、死が生の不可欠な一部であるということを否応なしに受け入れざるを得ない状況になったことは確かなようです。

死を恐るべき未知のものとしてではなく、誰のところにもやってくる人生の伴侶として受け入れることができれば、生の有限性、即ちこの世における時間には限りがあるということを十分に認識し、残された生をもっと意味のあるものにすることができるかもしれません。

前にも書いたように、エリザベス・キューブラー・ロス博士がその著書『死ぬ瞬間──死とその過程について』の中で、臨死患者の死の受容への過程を「死の五段階」

に系統化しています。要約すれば、次のようなものです。

1　第一段階――否認「自分に限ってそんなことはない」

これは不治の病に冒されていると知らされたときに患者が見せる典型的反応である。ロス博士によれば、この否認の段階は重要で不可欠なものである。死が避けられないと知ったときの衝撃を和らげてくれるからである。

2　第二段階――怒り「なぜ私なのだ」

患者は、自分が死ななければならないのに、他の人たちが健康で生きていられるという事実に憤りを覚える。怒りはとくに神に向けられる。神は勝手に死の宣告を押しつけてくる存在だとみなされる。このような神への怒りは許されるべきものだし、避けがたいものだ、と博士は主張する。この主張に驚く人びとに対して、博士はこう言ってのける。「神様はそのくらいのことは受け止めてくださいますよ」

3　第三段階――取り引き「そう、私なのね。でも……」

患者は、死が避けられないという事実を受け入れるが、もう少しそれを先に延ばすべく取り引きを試みる。取り引きの相手はたいていの場合、神である。「今まで神に語りかけたこともなかった人びと」でさえ、神と取り引きしようとする。

患者は神に対して「よい人間になります」とか「いいことをします」などと約束し、それと引き換えに、あと一週間、一か月、あるいは一年の延命を求める。ロス博士はこう述べている。「何を約束するかは、まったく重要でない。どちらにしてもこの約束は守られないからである」

4　第四段階――抑鬱。「そうだ、私は死ぬのだ」

まず患者は、過去に失ったものや、人生で果たせなかったこと、犯した過ちなどについて嘆き悲しむ。しかし、そのあと患者は「準備的な抑鬱」の段階に入る。これは、死を迎える準備をする段階である。患者はあまり話をしなくなり、見舞い客にも会いたがらなくなる。ロス博士はこう述べている。「もし、死にゆく患者があなたに会いたがらなくなったら、それはあなたとの間に思い残すことがなくなった証拠で、喜ぶべきことだ。そうして患者は安らかな気持ちで逝くことができる」

5　第五段階——受容「終わりはもうすぐそこに迫っています。これでいいのです」

ロス博士は、この最終段階を次のように説明している。「けっして幸福な状態ではないが、不幸でもない。感情はほとんど消失しているが、生の放棄というのでもない。まさに、勝利の段階といえる」

（『続　死ぬ瞬間』）

これらの五段階は、死に臨む患者たちがたどると思われるさまざまな状態を理解する上で、非常に有用な指針となる。各段階は絶対的なものではなく、すべての人がこの通りに、予想通りのペースで、五つの段階をすべて通るというわけではない。しかし、柔軟な洞察力を持って活用すれば、患者の行動を理解する手段としてたいへん価値がある。

ロス博士のこれらの「死の受容に至るまでの五段階」のうち、「死との取り引き」とは、仏教徒を自認する私には理解できないと思っていましたが、今、私もやはり神仏と取り引きをしようとしているのでしょうか。

しかし取り引きをするためには、こちらにも取り引きに値するカードがなければなりませんが、私には取り引きに用いる材料など何も持ち合わせがありません。私にできることは、ただ阿弥陀様の慈悲におすがりすることだけ、「命乞い」なのです。

医者でも自分のことになると、さっぱり先が読めません。これまで終末期にある患者さんの予後を読む目はわりと確かなつもりでいたのですが、己のこととなるとまるでさっぱりです。

死の覚悟はできているつもりでも、目の前につきつけられるとやはりオロオロしてしまいます。残りの人生を恬《てん》として生き、淡《たん》として往きたい。

今はただそれだけを願っています。

男のモニメント

残された日々を恬淡《てんたん》として生きるためには、何も書き残したりしない方がよいのかもしれませんが、病者が憑《つ》かれたようにものを書き遺そうとする心情とは、一体何なのでしょうか。

ガン体験記など、今更珍しくもありません。

「男の深層心理に潜むモニメンタリズム」柳田邦男氏はそう表現しておられますが、生きた証を遺しておきたいとのモニメンタリズムは男性ばかりではありません。最近は、女性の闘病記などもずいぶん多いようです。

「書く」という行為が、生きてきた証としての自分史を遺すということだけではなしに、「書く」行動自体に、今、現に自分が生きているという実感を確実なものにしてくれる働きがあるような気がします。

死を意識することによって何かを為そうとする気持ちと、死を恐れて滅入り、すべてを放棄してしまいそうになる気持ちの間で揺れる、アンビバレンツな感情の狭間《はざま》で手記を書くことによって、懸命に己が生の意味を見出そうとしているのかもしれません。

ただ残された時間の中で出版までこぎ着けられるのかどうか、時間の限界、体力の限界を考えると気持ちばかりが逸《はや》ってしまいます。

最初の退院

平成十一（一九九九）年一月十一日に、一度退院しました。

暮れから正月にかけて外泊してみて、案外と体調がよかったからです。

食事は相変わらず入りません。経腸栄養による一日約八〇〇ccのカロリー補給に頼りながらの、寝たり起きたりの生活ですが、とにかく家に帰ったのです。

一月二十四日（日曜日）には、養母の七回忌と父の二十五回忌の法事を務めました。

この頃、巷にはインフルエンザが流行っていました。

私も退院して、外来の患者さんと接触するうちに感染したようです。

一月十三日頃から風邪気味となり、二十日頃には三十九度台の発熱がありました。

法事をすませるまではと、なんとか頑張っていたのですが、体調は決してよくはありません。二十四日には、妻もインフルエンザに倒れ、臥《ふ》せってしまいました。

一月二十六日に医師会病院に戻り、再入院することになりました。

それにしても、これまで医者になって三十数年間、インフルエンザには完全に免疫ができているものと思っていたのですが、今や免疫機能の低下、抵抗力の減退は如何ともし難いのです。

入院後はしだいに熱も下がり、単調な病院での日々が過ぎていきました。

二月八日、本格的に医師会病院を退院することになりました。

再び自宅での寝たり起きたりの生活に戻ります。

退院後は、久留米医師会館での胃集検読影研修会や地元の医師会会合などにも積極的に顔を出しました。

「かかりつけ医推進モデル事業」のこと

平成十一年二月十九日夕刻、甘木朝倉医師会の「かかりつけ医推進専門委員会」の慰労会に出席しました。

これは平成八年度から十一年度までの三カ年間、厚生省及び日本医師会の委託を受けた「かかりつけ医推進モデル事業」を遂行するために組織されたもので、平成八年

曾祖父医家七代久賀養栄の顕彰碑の傍にて。平成12年３月。「……日清日露戦争中、軍人の家族を施療し、平居周人を喜ばし、急益其仁俠殆ど天性に出ずと云う……」(碑文抜粋)。大正９年８月建立。

当時、地域医療担当理事であった私が手がけたものでした。

その後、Ｈ理事が担当となり、平成十一年三月でモデル事業が無事終了することになっていました。

代々村医者の家系に育った私には、「かかりつけ医」については私なりのこだわりがありました。

「かかりつけ医」とは、日常のプライマリーケアを担う医者のことです。イギリス風に「ホームドクター」と言っていいのかもしれませんが、普通に見られる疾病（コモンディシーズ）や怪我などの予防と治療を担当し、必要があれば専門医や高次医療機関に適宜紹介する医師です。そのためには浅くとも幅広い医の知識が必要ですし、人間的にも豊かな教養が求められます。学校医や予防注射、住民への健康講和なども勿論、かかりつけ医の重要な任務です。

担当理事になった時、この事業を「いつでも、どこでも、誰でもが安心して命を預けることのできる医療環境の整備事業」と位置づけ、数本の柱をかかげてみました。
一、かかりつけ医の重要性と必要性を、住民の皆さんにわかっていただくための啓発活動。
二、どこにどんな医療機関があり、どのような医療サービスができるのかを、情報公開する。
三、よりよいかかりつけ医になるために、我々自身が研修する。
四、かかりつけ医を支援するための後方支援システムを整備する。
幸いにして甘木朝倉医師会には医師会病院があり、看護学校（準看養成）があり、訪問看護ステーションがあり、平成十年七月には医師会立老健施設もオープンしました。

「かかりつけ医」をモデルにするには、充分な環境が整っていましたし、そのバックグラウンドがあるからこそ推進モデル地区に推挙されたのでもありました。

まずは、モデル事業のための組織作りに取りかかりました。

「かかりつけ医推進協議会」の設立

大きな組織としては、行政住民を巻き込んだ「かかりつけ医推進協議会」の設立がありました。行政の保健福祉担当者、地区保健所、住民代表として老人会、婦人会、区長会などなどに参集をいただき、会の主旨を説明しました。

なかには、「開業医が生き残るための方便か」という雰囲気がないでもありませんでしたが、「大病院志向への流れに歯止めをかけなければ」との動きもあり、大方はその主旨に賛同してくださいました。

ついで内輪の組織として医師会内部に「かかりつけ医専門部会」を作ったのです。モデル事業を実行するために、専門部会は三つに分かれました。

一、アンケート調査部会

一般住民に対するアンケート調査

医師会員に対するアンケート調査

これは住民、医師会員のそれぞれが、「かかりつけ医」というものにどの程度の認識があるのかを知ることが目的でしたが、「かかりつけ医」を意識づけるための啓発活動でもあったのです。

二、広報活動部会

「かかりつけ医」をもつことのメリットを理解していただくために、ポスター、パンフレットの作成、地元新聞への投稿などを企画するとともに、情報公開として「医療マップ」を作成することになりました。甘木朝倉地区のどこにどのような医療機関があり、どんな医療サービスが提供できるかを地図上に呈示するのです。

三、「かかりつけ医」の後方支援体制の整備

とりあえずは、平成七年から医師会立で開業した「訪問看護ステーション」の整備、充実を目標としました。

我々自身の研修については、すでに定期的な学術講演会やレントゲン読影会、医師会病院カンファランスなど多彩な催しがなされていました。

それぞれの部会が活発に活動し、事務局の支えもあって三年目を終えようとしている平成十年二月には、初期の目的はほとんど達成されていたのです。

そんな感慨を胸に「かかりつけ医推進専門部会」の慰労会に参加したのですが、私にとっては久しぶりの楽しい酒席になりました。

その席で皆が、「手術はどうだった?」、「ガン体験の感想は?」と聞いてくれます。

ちびりちびりビールをなめながら返事をしていたのですが、その内に先輩の一人が、「久賀君、おまえそれは『医艸』に書け。今夜一晩では語りつくせんだろう」と言ってくださいました。

「医艸」とは、地元医師会で年一回発行されている総合誌ですが、その時点で六月頃十号を出版することになっていたのです。

原稿締め切りは三月末と聞き、翌日から早速執筆にかかったのですが、如何せん引き出しの少なさと、感性の乏しさで、なかなか文章になりません。

苦労の末、三月末にようやく原稿を事務局に預けました。

桜の頃

まず食べること

三月末に経腸栄養に使用していた、空腸瘻の栄養チューブを抜去することにしました。

食事は相変わらず入りません。体重は術前の五七キロから四二キロまで落ちていましたが、現場に復帰するためとにかくチューブを抜きました。

チューブを抜いた後、なんとか頑張って口から食べようとは努めるのですが、少し食べただけで胸骨前にある胃管はバンバンに張ってきますし、無理して詰め込もうとすると、嘔気、動悸、腹痛などのダンピング症候群が起こってくるのです。それに横になると、苦いものや酸っぱいものが胃から口の中に逆流してきます。

私は元々淡白な和食が好みで、焼き魚とか塩サバ、塩クジラ、野菜のおひたしなどがあればよいのです。嫌いな食物はありませんが、ソースでこってりと味付けされた

秋月にて（平成12年３月）

フランス料理などはそれほど食べたいとは思いません。それに私は、元気な頃から少食で遅食でした。

私の結婚式の時、友人のテーブルスピーチで、「久賀は食事に時間がかかるから……」と言われたことがありますが、手術後はそれに輪がかかり、三倍の時間をかけても、家内の三分の一も食事がとれない状態になったのです。体力をつけるためには、朝から晩までひたすら食べ続けなければなりません。

生きることの基本は、まず食べること。体力を回復するために、もっぱら食べることを主体にした生活が続きます。

散る花

四月の初めに家内と長女を連れ、秋月に桜を観に行きました。花はちょうど満開で、杉の馬場の桜並木を歩む人々の姿は、春の光に包まれ輝いていました。
「今年の桜は一段と艶やかで美しい」、「舞い散る花びらの一片《ひとひら》が愛《いと》おしい」と、「医艸」に出した原稿の書き出しになった風情ですが、実際にはまだ舞い散る花びらは一片もありません。この年の桜は、いつもの年より遅れていたのです。
久しぶりの陽の光と、桜の花のもつあの一刻の命の高鳴りに少しばかり感傷的になっていました。

散る桜残る桜も散る桜

まだ梢には蕾《つぼみ》を残す桜をながめながら、ふとそんな言葉をつぶやいていました。

死に仕度いたせいたせと桜かな　　一茶
いざさらば死にげいこせん花の雨　　一茶

この頃、生きがいというよりも、死にがいを求めていたような気がします。

仕事再開

四月一日からは、診察室に出ることにしました。

大学から応援に来てもらっている先生の足手まといにならない程度に外来に顔を出し、馴染みの患者さん達と言葉を交わしました。

「先生、お大事に」、「あなたもお大事に」。どちらが患者かわからないような会話を交わす日々が始まりました。

医師会の行事をはじめ、様々な催し事にも参加するようになりました。

四月六日、午後一時半、町の「在宅ケア会議」に出席。

これは、三輪町内の在宅で、寝たきり、あるいは準寝たきりで療養されている人達を対象に、医療、福祉に必要な情報を交換するための症例検討会で、役場の健康福祉課、保健婦を中心に医師、福祉施設の関係者、町の栄養士、保健所、福祉事務所の職員、社会福祉協議会のホームヘルパー、訪問看護ステーションのスタッフなどが参加しています。

医師の参加は、以前は内科のA先生と私の二人だったのですが、私の留守中からM先生も参加されるようになっていました。私は十一カ月ぶりの出席です。

会議は保健婦の司会で進められ、個々の症例を対象に、それぞれの関係者がもつ情報を提供し合い、それぞれのクライアントに最も適当な医療、介護、看護サービスを提供しようというものです。すでに数年前から行われていますが、まだ試行錯誤で手探りの状態です。これから介護保険が導入されれば、ますます重要な会議になるものと思われます。

介護の状況をよりよいものにするには、介護保険という「制度」のみならず、家族、友人、福祉や医療の専門家、近隣の人々、地域のボランティアといった、人と人との関係づくりにも力をそそいでいかなければなりません。

住民の皆さんが住み慣れた町の住み慣れた家で、安心して療養できるよう、サポートするネットワークづくりに是非、智恵を絞ってほしいものです。

今回の会議場は、最近新築されたばかりの「健康福祉館」でした。会場の一帯は、多目的ホールや老人会館や、図書館などいくつもの建物が建ち並び、周辺もきれいに整備され、初めて行く私には、福祉会館の入口がどこにあるのかわからず、暫くうろうろしてしまいました。

たった一年足らずの間に、町の様子が一変していたのです。

再入院

肺への転移

平成十一（一九九九）年六月、久留米大学病院受診を前に医師会病院で術後一年目の胸部CTを撮ることにしました。

結果は、「やっぱり」と言うのか、「案の定」と言うのか、両肺野に数個の転移性肺ガンを認めます。

数日後、そのフィルムを持って大学病院消化器病センターの藤田先生のもとを訪ねました。

この日は、術後一年目の診察ということで、採血、胸写の他、バイシクルエルゴメーターによる心肺機能検査、頸部・腹部エコー検査なども実施されました。

バイシクルエルゴメーターで見る限り、心肺機能は術前の九〇パーセント近くまで回復しているとのことですが、肺活量は二四〇〇ccしかありません。検査後の診察となり、胸部ＸＰ、胸部ＣＴフィルムの結果から、改めて転移性肺ガンを指摘されました。

私は「思っていたよりも早く来たな」と感じていたのですが、藤田先生のご意見は、「もともとが進んでいましたからね」でした。

覚悟はできていたつもりですが、いざ目の前に現実をつきつけられるとやはり「あらあら」と思ってしまいます。とりあえずは「抗ガン剤で、今一度叩いてみよう」ということになり、七月早々に医師会病院に入院し、抗ガン剤による治療を再開することになりました。

抗ガン剤治療の再開

七月五日（月曜日）、医師会病院に入院。

七月十二日からいよいよ抗ガン剤による治療が始まりました。今回の治療はシスプラチン一〇ミリグラムと5Fu二五〇ミリグラムの連日投与で、二週間を一クール（実質十日間）とし、間隔をおいて二クール点滴静注することが計画されました。

前もって胸部の皮下に埋め込んだグローションカテーテルのリザーバー（中心静脈

内注入用の皮下埋没型の受け口）を介して抗ガン剤を点滴するのですが、胸壁でもやはり毎日皮膚の上から針を刺されるのは結構痛いものです。

看護婦さんに言わせると、私は人より痛がりだとのこと。

「先生、患者さんには平気で針を刺しよったとでしょうもん」

言われてみれば確かに、これまで他人の痛みには無神経だったと反省はしていますが、しかし人の痛みにいちいち共感していては外科医は勤まらないのです。

私のかかりつけの歯医者さんに言わせると、医者はだいたい臆病で意気地なしが多いのだそうです。他人には平気でメスを振るっても、自分の身になると話は別です。私など、歯医者さんの椅子に座ってクレンザーの音を聞いただけで、腋の下に生汗が滴《したた》るのです。

点滴開始後三日目頃からしだいに、嘔気、嘔吐、食欲不振、全身倦怠感などがひどくなり、四、五日目には食事を全く受け付けなくなりました。身の置きどころのない身体のだるさに見舞われ、新聞を読む気力さえも失せていきました。

しかし、ここは耐えるしかありません。

私も臨床医の一人として、人事を尽くさずして天命を待つ結果になったのでは、残

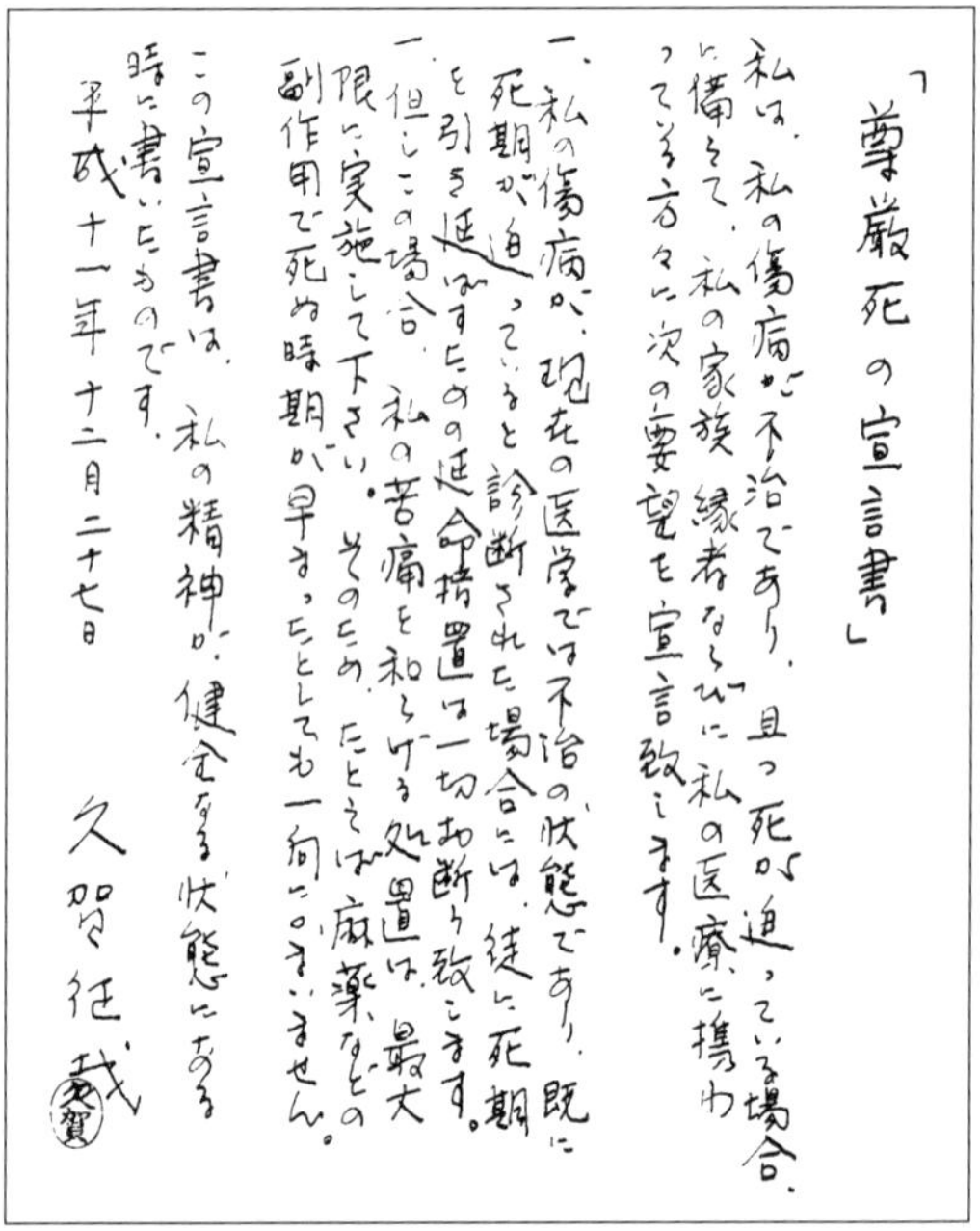
「尊厳死の宣言書」
私は、私の傷病が不治であり、且つ死が迫っている場合に備えて、私の家族、縁者ならびに私の医療に携わってる方々に次の要望を宣言致します。
一、私の傷病が、現在の医学では不治の状態であり、既に死期が迫っていると診断された場合には、徒に死期を引き延ばすための延命措置は一切お断り致します。
一、但しこの場合、私の苦痛を和らげる処置は最大限に実施して下さい。そのため、たとえば麻薬などの副作用で死ぬ時期が早まったとしても一向にかまいません。
この宣言書は、私の精神が健全なる状態にある時に書いたものです。
平成十一年十二月二十七日　久賀征哉

私の「尊厳死の宣言書」

された者に悔いを残させそうですし、それに抗ガン剤の副作用がどの程度のものなのか、医者としては臨床治験のチャンスとも考えていました。

　どうせ助からない命なら無意味に命を引き延ばすことよりも、参っている今の時間がもったいないとは思いましたが、「治療をやめてください」とは言い出せなかったのです。

　しかしもし、臨死状態になったら、ただ寝たきり状態での延命は御免です。その時は潔く死を選ばせていただきたい。

私はそのために俄《にわか》にリビング・ウィル（尊厳死の宣言書）を書きました。

絵手紙に挑戦する

七月二十日は土用丑《うし》の日、海の日。

元気であれば、きっとゴルフに行ってビールをあおっているはずの日。

抗ガン剤の一クール目の後半が今日から始まりました。体調はますます悪くなっていきます。嘔吐と全身倦怠感がひどくて食事を全く受け付けません。

親戚の者がうなぎとマンゴーを持ってきてくれたのですが、とても口にできる状態ではありません。

「身の置きどころのないきつさ」そんな感じです。

旅行会社に勤めている長女が、「ボーナスをもらった」と言って美空ひばりのCDと「絵手紙セット」を買ってきてくれました。顔彩絵の具とパレット、絵筆が二本、それ下絵付きの練習用画仙紙がセットになっています。『楽しい絵手紙の描き方』と題されたテキストも借りてきてくれていますが、今はとても絵筆を握るような気分ではありません。それに絵筆など高校の時以来持ったことがないのです。

少し上達した（？）ユリの絵

しかし体調さえ落ち着けば、時間はたっぷりあります。何様、今の私には毎日が日曜・祭日なのです。

八月に入って抗ガン剤も一クール終了した後は、嘔気も少しずつではありますが治まってきました。食欲不振と体のだるさは続いていますが、どうやら峠は越したようです。早速、絵手紙セットを引っ張り出して、練習してみることにしました。子供の頃の塗り絵を思い出しながら、まず練習用の下絵に色を塗ってみました。二、三枚も色付けをしてしてみると、自分で描いてみたくなりました。練習用の白紙の画仙紙に病室にあるカーネーションを描いてみました。二、三枚練習したら、こんどは誰かに出してみたくなりました。

相手は、下手でも笑わない人に……。高校時代の同級生で、中学、高校で美術の指導をしているNさんにまず出してみることにしました。「高校の時以来初めてにぎった絵筆です」と断り書きをして、鬼灯《ほおずき》を描いて投函しました。

数日後に彼女から返事がきました。そこには見事な朝顔が描かれています。テキストには「絵手紙は下手がいい」と書いてあります。「絵手紙は下手でいい。心が伝わればそれでいい」。そう自分を納得させながら、数葉の暑中見舞状を描きました。Nさんとは、それから度々絵手紙の交換をするようになります。

良寛は、薬の催促に絵入りの手紙を送ったとか。私は暇にまかせて毎日絵を描いて遊ぶようになりました。回診にまわってきた古賀副院長が、「それだけ毎日絵を描けば、ちいった上手になるやろう」と冷やかしていきました。彼は水彩画を得意とし、病院内にも数点が掲げてあるのですが、最近忙しくて絵筆をとる時間がないため、時間がありあまっている私が羨ましいのです。

絵を描くようになって、「永い一日」があまり苦にならなくなりました。食事は相変わらず入らず全身倦怠感も続いてはいますが、病人にとって気を紛らわすことがあるということがいかに大事なことかを知りました。

退院

病床手記の執筆と絵書きで一日が瞬く間に過ぎていきます。

本当はこのまま全身状態の回復を待ってあと一クール抗ガン剤の治療を行うことになっていたのですが、私の診療所で患者さんとの間にトラブルが起きたようです。暫く様子をみた後、結局抗ガン剤の二クール目はせぬままに八月中に退院することになりました。

「病目《やみめ》に釘踏み」とか、「泣きっ面に蜂」とかいいますが、いずれも神仏のはからいなら、「憂きことのなおこの上につもれかし。限りある身の力試さん」などと強がりを言いながら退院の準備をしました。

七月二十日から「ファイナルステージを考える会」のメンバーによるハウトケアも始まって、病状は肉体的にも精神的にも薄紙を剥ぐように、わずかずつではありますが軽快していたのです。

「ファイナルステージを考える会」との出会いで、私のまわりにまた一つ新しい人の輪ができようとしていました。八月末には例会で、「生と死のはざまに」と題して、私がガン体験を講演することに決まりました。

退院日（八月二十五日）の日記には、

「抗ガン剤を中断しての退院。どうなるか先のことはわからないが、なるようにしかならない。もし、神仏が私をまだ必要とされるなら、今少しは生き延びられるはずだ」

と記しています。

トルコでは八月十七日の地震で、一万三千人の死者が出、行方不明者を含めると、犠牲者は三万人に達すると報じています。この時のトルコ地震による死者は最終的に、一万七千人に達するのです。

死の恐怖

死後の世界はあるのか

私は「死は怖くない」と、これまでに二度程書きました。

本当でしょうか。本当に死は怖くないのでしょうか。

本当は怖くて仕方がないのに、必死になって心が強がろうとしているのではないのか。最近、そんな気がしてきました。

そもそも死の恐怖とは一体なんなのでしょうか。一つには、死後の世界への恐怖があります。死んだ後、私はどうなるのか。何処へ行くのか。死後の世界はあるのかないのか。

元検事総長で、ガンで亡くなられた伊藤栄樹氏は、その著書の題名に『人は死ねばゴミになる』と記されています。確かに私達は死んで荼毘《だび》にふされると、肉体は滅んで灰になります。残された灰はゴミに違いありません。

しかし、私は死によってすべてが無に帰すとは考えたくはありません。肉体が消えた後にも、私の身体に内在した何かは存在し続けると考えています。この目に見えない人間固有の存在を、古来、「霊魂」と呼んでいますが、私はこの霊の存在を信じたいのです。霊となって故郷の山や森を棲家とし、草場の陰から家族や親戚や友人達を見守っていたい。盆と正月には、仏となり、神となって家族の元に帰って来たいのです。

仏教にいう六道を輪廻《りんね》するという輪廻転生はわかりませんが、「秋になると木の葉が落ちて枯木となり、春になると新たに芽を吹く」。そんな転生なら、あってもよいような気がします。死後の世界は、愛する者を見守ることのできる世界です。愛した者と再会できる世界でもあるのです。

「祖霊いましますこの山河」とは、武田節の一節ですが、私も死んだらこの祖霊の一つになることを信じています。

お釈迦様は、「死後の世界があるかないかはわからん。わからんことは考えるな」と教えられています。

仏教徒にとって御浄土は、「死んだら必ず往けると信じる世界」なのです。

『阿弥陀経』には、御浄土は「倶会一処《くえいっしょ》」の世界だと書かれています。「倶会一処」とは、文字通り「倶《とも》に一処に会うこと」です。仏、菩薩達と先立った父母、兄弟、親類縁者と再会できる場所なのです。

死後の世界はないと知って絶望して死ぬよりも、「あるかもしれない」という期待を残して去る方が幸せではないでしょうか。

中城ふみ子さんが、死を前にして詠んだ歌があります。

死後のわれは身かろくどこへも現れむたとへば君の肩にも乗りて

（『愛をこめいのち見つめて』柳澤桂子）

死の痛みの恐怖

次なる死の恐怖とは、死に至る過程での肉体の苦痛があります。特にガン死では、死に至るまでの苦痛にどこまで耐えられるのか、私にも自信がありませんが、現在のガンに対する疼痛緩和療法には目を見はる進歩があります。特に世界保健機関（WHO）方式のモルヒネ療法によるガン疼痛治療法が普及してからは、肉体的にも精神的にもさほど苦しまなくても死ねるはずです。

患者には痛みをコントロールするために十分な鎮痛薬を要求する権利があり、医師にはそれを投与する義務がある。痛みから解放されることは、すべてのガン患者の権利とみなすべきである。

WHO一九九三

(『がんの痛みの鎮痛薬治療マニュアル』武田文和)

大いに期待したいものです(ガンの疼痛対策については別章で詳述します)。

消滅の恐怖

三つ目の死の恐怖とは、自分のすべてがその日から全く消滅するという恐怖だろうと思います。生命が断ち切られるということ。

自分だけは消滅するのに、世の中は何も変わらず、平常通りに動いているという理不尽さに対する、怒りとやり場のない孤独感があります。

遠藤周作氏もその著書『生き上手死に上手』の中で、「私もむかし大病で入院していた時この消滅感に悩み、自分が死んだ翌日も『空が青く、街が昨日とおなじように生活の営みをつづけている』と思うと言いようのない辛さをおぼえた……」と記されています。

しかし、生きている以上、死は誰にでも必ず訪れます。死の前には、すべての人が平等のはずです。たとえ富があろうと、地位が高かろうと、何人であろうとも死から逃れることはできません。自分だけ死にたくないと抗うても仕方のないことです。早いか、遅いか、ただそれだけです。

ならば、「どれだけ生きたか」ではなく、「どのように生きたか」を大切にしなければならないことはよくわかっているのですが、ことここに至っては手遅れです。忸怩《じくじ》たる想いが残りますが、それは死の恐怖とはまた別のものです。

未知への怯え

今一つの恐怖は、未だかつて誰も死を経験したことがないという、未知との遭遇に対する恐れがあります。

事実、今まで死んで生き返った人は誰もいないのです。

死に関しては、誰もが初心者です。臨死体験の報告はいくつもありますが、それはあくまでも仮死状態からの生還であって、決して死の体験ではありません。

臨死体験の報告を読むと、暗いトンネルを抜けて明るい光が射したり、輝く光につつまれるものであったり、先に死んだ愛する者に出会ったりと、少なくとも恐怖を覚えるような不愉快なものではなさそうな気がします。

こうしてみると、死を怖がる理由は何もないはずです。

とは言え、高いビルの上から下を見下ろすと足がすくみますし、暴走してくるトラックに危うく轢かれそうになると、ついぞっとして身を縮めてしまいます。やはり死の恐怖感とは、理屈ではなしに本能的な感覚なのでしょうか。

遠藤周作氏は前述の著書の中で、「(死の)こわさは冷たい海にはいる時の怯えと似ている」というフランスの作家の言葉を紹介し、次のように結んでいます。

彼は癌にかかり、自分の死期を知りながら死についてのエッセイを書いたのである。つめたい海に入る時、我々は体がこわばる。しかしそのなかに入ってしまえば……そこには大きな命の海が拡がっている。

(『生き上手死に上手』)

続　死の恐怖について

私は前章で「死はなぜ怖いのか」について書きましたが、今少し、死の怖さについて検証してみたいと思います。

仏教、とりわけ禅の教えでは、「死のもつ意味は、われわれの自己が絶対の否定に面することにある」として、「死は、死ぬことが恐怖なのではない。死ななければならないこと、無に限界づけられていることが恐怖なのである」と説いています（「仏教」No.6　大死一番――禅の死学　竹村牧男）。

金岡秀友は、「人間は、科学が進めば進む程、死の現実を怖れ、死を否認する傾向のみが肥大し、死に直面することのできない、もやしのように脆弱な、死に毫末の抵抗力ももたない人間が増えてくるようになってしまったのではないか」と書いています（『死生学』山本俊一）が、死の恐怖の本質とは、古来、生命維持の欲求と、死すなわち完全な消滅の恐怖、つまり自己が無限に消えて失くなるという不安にあるのだろうと思われます。そのために、「人間は死んでも完全に消えてなくなるのではなく、新しい状態に変化するにすぎないのだ」（メチニコフ）とするアニミズム（精霊崇拝）という不死神話思想が興り、これが様々な宗教へと発展していったのでしょう。それは不死、つまり来世の信仰です。

死がなんの終わりでもなく、表面的な変遷にしか過ぎないと、来世への連続性を説く仏教の教えも、「はっきり言っておく。信じる者は永遠の生命を得ている」（「ヨハネによる福音書」六章四七節）と、「永遠の命」を約束したキリストの教えも、肉体と霊の分離、霊魂不死説を説くことで、死に対する本能的な恐怖感を回避しようとしています。

勿論、死の受け止め方には仏教文化とキリスト教文化の違いが大きく影響しているとは思いますが、洋の東西を問わず、いずれの文化圏でも死を怖れ、忌みし、永遠なる生命への願望があることは確かです。それは、イスラム教文化圏でもヒンズー教文化圏でも同じでしょう。

自然死と突然死

ところで、科学的にみて死に際に本当に恐怖があるのでしょうか。これまで、死の恐怖を四つの理由に分けて考えてみましたが、ここでは別の角度から考察してみます。

人間が長患いの末、自然死を迎える時、死の瞬間にはすでに意識がなくなっているのが普通です。食物を全く受け付けなくなって餓死するのであれば、死の前に低血糖による昏睡状態になりますし、肝不全であれば、血中アンモニアが上昇し、肝性昏睡状態となります。腎不全であれば、高窒素血症から尿毒症となり、腎性昏睡状態となるのが普通です。

いずれも呼吸停止や心停止に先立って意識は消失しており、死の瞬間を認識することはまずありません。ほとんどの場合、無意識下に呼吸が停止し、心臓が鼓動を止めます。心拍動が停止した瞬間から脳への血流が途絶え、やがてすべての生命活動が止まるのです。少なくとも自然死でみる限り、死の瞬間には自覚はないのです。それでは、突然死の場合はどうでしょうか。

突然死の主なものとしては、「急性心臓死」、「窒息死」、「急性脳幹死」の三つの場合が考えられます。なんらかの原因で心臓の機能が停止し、血液が脳に行かなくなるために、脳が酸素欠乏状態となり、その結果、脳の機能が停止して死亡する個体死が「心臓死」です。

餅を喉に詰まらせたり、嘔吐したものを間違って吸い込んだりして、肺へ空気を送り込む気道が塞がり、気道を通って送られるべき空気が肺に入らず、その結果、肺から体内への酸素を呼吸できなくなり、脳の酸素欠乏状態が起こって死亡する個体死を「窒息死」と呼んでいます。

また、呼吸中枢が存在する「脳幹」と呼ばれる部分に障害を受けると、呼吸中枢が働かなくなって呼吸運動が停止しますが、その結果脳の酸素欠乏が起こり死に至る個体死を「脳幹死」と呼びます。

「心臓死でも、窒息死でも、脳幹死でも、人間が死ぬということは、とりもなおさず体内で酸素欠乏に最も弱い「脳の機能停止」を意味しているからである」(『医療の倫理』星野一正)。

脳の機能停止とは意識の消失であり、いずれの場合にも死の瞬間を認識することはありません。つまり、死に至る過程での肉体的な痛みと孤独感さえ取り除くことができれば、死は決して怖くはないのです。人の命が尽きる時、痛みは消え、しだいに意識が遠のいていきます。

自然死であれ、突然死であれ、死の瞬間とは恐ろしいものでもなく、苦痛に満ちたものでもなく、身体機能の穏やかな停止なのです。

「脳死」について

「死」とは意識がなく、自発呼吸が止まって、身体が冷たくなり目が虚ろで全身が動かなくなった状態と一般には考えられています。

医学的にいえば、自発呼吸の停止と心臓停止と目の反射（対光反射の消失と角膜反射の消失）を確認することで、「死の三徴候」とし、この三徴候をもって「人間の死」と臨床的に判断してきました。社会的にも、それを「死」と容認しています。

しかし近年の医療技術の進歩によって、死の様相がいささか変わってきました。呼吸が困難になれば酸素を吸わせ、呼吸が止まれば強制的にポンプで肺に空気を送り込みます。心臓が弱くなれば強心剤を打ちます。それでも駄目なら心臓マッサージ、あるいは心臓に規則的に電気刺激を送って動かします。

口から食物が入らないのなら、鼻から直接胃につないだチューブで送り込みます。それも難しければ、静脈の中に栄養を流し込みます。さらには頸の太い静脈から心臓にまでチューブを入れる中心静脈栄養という方法も行われています。

心肺蘇生術を行うことによって、一旦停止した呼吸や心臓の運動を再開することもできます。最終的には、呼吸も心臓も機械で代用することができるのです。

つまり人工呼吸装置を含む生命維持装置につないで、酸素を強制的に供給し続けることによって、末期患者の延命が可能になりました。

しかし、ある時期が過ぎると脳幹の呼吸中枢をはじめ脳の機能が停止してしまい、再び生き返ることのない時点「不帰の点」（死の時点）を過ぎると死亡します。これを「脳死」と呼ぶのです。

「脳死」と命名されている死は、ただ脳の死を意味しているのではありません。生命維持装置によって人為的に延命治療が行われているにもかかわらず、脳が自然に不可逆的に機能停止したために呼吸中枢が働かなくなって自発呼吸がなくなり、脳組織全体に酸素欠乏が起こって死亡する特殊な条件下でのみ起こる新しい死の現象です。生命維持装置を使用していない場合では決して起こらない個体死なのです。

つまり「不帰の点」に至り脳死した後でも、生命維持装置を継続して使用していると、脳組織よりも酸素消費量の少ない臓器や組織は、個人差はありますが、ある期間内それらの機能を維持することが可能なのです。「脳死」という概念は、臓器移植とからめて登場してきました。「脳死」とは、必要性から生れた概念なのです。

まだ十分に機能できる臓器を取り出す必要から、心臓が止まる前に、すなわち脳幹部が死んだ段階で人間は死んだとしたいという動きが、移植医の中で起こったのです。「脳死」という状態は、交通事故やその他の事故などで突然に襲ってくることが多いのですが、「脳死」は個体死として、生きている臓器を取り出すことを正当化しようとしながら、一方ではまだ死んでいないとして治療を続けることを敢えてするという矛盾が起こっているのです。

「植物状態」について

「脳死」とは別に、「植物状態」というのがあります。

時に混同されがちですが、「脳死」と「植物状態」の大きな違いは脳幹が生きているか、死んでいるかによります。

「植物状態」とは、主に大脳、時に小脳もやられますが、脳幹は生きていますから呼吸、循環は保たれている状態です。

脳卒中や外傷、交通事故、あるいは脳腫瘍の手術後などに植物状態に陥ることが多いのですが、昏睡状態で眠り続けているだけで、個人としての知的精神的活動はできないのに、自発的な呼吸も血液循環もあり、消化、排尿、排便など人間の植物的機能がいつ果てるとも知れずに続いている状態です。

植物状態は昔からありましたが、長期間生存できませんでした。しかし、近年の医療の進歩で、生命維持装置に繋がれることにより、俗に「スパゲティ症候群患者」と言われながら何カ月、時には何年間も生き続けることがあるのです。

「生きる」

昔観た映画に、黒澤明監督の「生きる」があります。

志村喬さん演ずる初老の主人公が、自分がガンで余命幾許《いくばく》もないことを知って、一人公園のブランコに腰掛けながら、「命短し恋せよ乙女……」と歌うシーンが瞼の奥に残っています。

志村さんのぶ厚い唇から絞り出すようにして洩れてくる「カチューシャの唄」は、私自身が病む身になった今、寂寞《せきばく》としたモノトーンのバックとともにあざやかに蘇《よみがえ》ってきます。

命短し恋せよ乙女
紅き唇褪《あ》せぬ間に
熱き血潮の冷えぬ間に
あすの月日はないものを

あの映画では確か、役所の一官吏である主人公が残された時間の中で、自分が生きてきた証を残す仕事として、新しい公園建設を決意する、という筋書きだったような気がします。

死を目前にして限界状況に置かれた人間の心理、人間の強さと弱さ、愛の偉大さ、人生の短さ、そして残された時間で何をなすべきか、そんな感動が伝わってきました。「生きる」とはどういうことでしょうか。仏教では阿弥陀様のはからいで現世に生を受け、阿弥陀様のはからいで来世へと移って往くと教えられています。

セネカは、『人生の短さ』の中で、「われらが生きる人生は束の間なるぞ」と言っています。

生きることは、生涯をかけて学ぶべきことである。そして、おそらくそれ以上に不思議に思われるであろうが、生涯をかけて学ぶべきは死ぬことである。

……髪が白いとか、皺《しわ》が寄っているといっても、その人が長く生きたと考える理由にはならない。長く生きたのではなく、長く有ったにすぎない。たとえば或る人が港を出るやいなや激しい嵐に襲われて、あちらこちらへと押し流され、四方八方から荒れ狂う風向きの変化によって、同じ海域をぐるぐる引きまわされていたのであれば、それをもって長い航海をしたとは考えられないであろう。この人は長く航海したのではなく、長く翻弄《ほんろう》されたのである。

（『人生の短さについて』セネカ）

生が尽きて往き着く先は、「善因楽果・悪因苦果」、「因果応報」、「自業自得」の世界か。

私自身の五十八年の来し方を振り返る時、自ら苦労をしたという思いも、それ程努力したという記憶もあまりありません。いつも誰かの、何かのご縁にすがり、助けられて生きてきたような気がしてなりません。眼に見えぬ誰かが、いつも後押しをしてくれた――そんな思いです。

私の恩師の古賀道弘先生は、「其の場に於て全力を尽す」を座右の銘にされています。そしてそのように実践し、生きてこられました。

私も見倣《みなら》いたいとは思ってきたのですが、私には本当に「全力を尽した」という実

研究室の古賀道弘教授。昭和50年頃

感もありません。勿論、人生に手抜きをしたとは思いませんが、さして努力も苦労もせぬままに今日まで生きてきたようです。もっともそのために味わった挫折という苦い思いはいくつもありますが……。

人生を頑張らなかったとはいっても、決して投げやりな人生ではありません。その日々刻々の生は充実し、輝いていました。これからは、残された時間の中で、「完成が期待できる仕事」をめざして今こそ「全力を尽す時」との思いもあります。

私をよく知る人は、「お前は運が強い」と言ってくれます。確かにこれまで数々の幸運に恵まれて生きてきたように思いますし、病を得た今もまだ強運に支えられて生かされているという気がしてなりません。しかし仏の教えに運はありません。仏心にあるのは、

「縁」です。娑婆は「ご縁の世界」。「生きる」とは、出会いの世界、めぐり会いの世界です。

人との出会い、心の絆が、これまでの私を育んでくれました。五十八年間、多くの方々とのめぐり合いに感謝しています。

死へのこだわり

私は「死は怖くない」などと言いながら、死にこだわり続けてこの一文を書いています。

恬淡《てんたん》として生きる。「恬として生き、淡として往く」ためには、生死のこだわりなど捨てて、「死ぬ時節には死ぬがよかろう」（良寛）と肚《はら》をくくればよいのでしょうが、やはり煩悩《ぼんのう》具足の徒、いよいよ「自己の死」が目前に迫ったことを感じると、「自分に残された時間はわずかしかない」と「時」の重みを肌で感じると同時に、「間もなく自分がこの世から無限に消滅する」といういたたまれない気持ちが交錯し、生命《いのち》に対する執着と死に対する恐怖が筆舌を越えてつのってくるのです。

哲学者のハイデッカーは、次のように言っています。

ひとは言う。死は確かに来る。しかし、当分の間はまだ来ない。この「しかし」ということによって、ひとは死の確実性を否定し、死はいかなる時間にも可能である、という死の独特な性格、すなわち、その確実性から眼をそむけてしまうのである。

また、アーネスト・ベッカーは、『死の拒絶』の中で、

「人間を動かす動因のうちでも主要な一つに、死の恐怖がある」

といっています（『生死学』山本俊一）。

私は今、アンビバレンツな二つの価値観の中に身を委《ゆだ》ねて生活しています。一つは、現実直視。ガンを病み、死を意識した者として、その現実から目をそらさず、そこから決して逃げない。

医者として可能な限りを学び取り、できれば学んだことを診療の中で実践し、自分の経験したことを文章にして書き遺したい。私とガンとの付き合いの顛末を、せめて身内や友人には書き遺しておきたい。

「自分は人様のお手本にはなれない。だけど見本ぐらいにはなれるだろう」（高光大《たかみつだい》

船《せん》）との思いです。

今一つの選択は、現実逃避です。病気を少し離れたところに置いて、自分の世界を構築する。本を読んだり、絵を描いたり、ゴルフをしたり……。

「死は、人間の成長の最後のチャンスである」とは、E・キューブラー・ロス博士の本で知った言葉ですが、ならば、それまでの時間を自分の心を豊かにするために使いたい。懸命に生きて、心を成長させながらその時を待ちたい。そう願っています。

人生において、予想がつく、つまり必ず起こると確信できる事柄は少ないが、死はそのうちの一つである。死は、打倒すべき敵でもなければ、そこから逃げ出すべき牢獄でもない。死は人生の必要不可欠な部分であり、人間の存在に意味を与えるものである。死というものがあるおかげで、私たちの生には時間的制限が課せられ、私たちは、与えられた時間のなかで何か生産的なことをしなければ、という気持ちにさせられるのだ。

（『続　死ぬ瞬間』）

遠藤周作氏も、その著書の中で、

老とか死とかからは、私たちはのがれるわけにはいかない。これほど確実なものはない。夜中に、目覚めた時、死をどのように迎えるかということを考え込んでしまうんですけど、他人にはそれを見せるのは失礼ですから、昼間は陽気を装います。

忙しい仕事の合間にも「樹座《きざ》」という劇団を作って芝居やダンスをやったり碁《ご》をうったり、下手なパステル画を描いたり、できるだけ汚らしい夜の顔を見せないようにしているわけです。しかしこれは誰でも同じでしょう。年をとってもよくゴルフに出掛けている人なんかも、どこかに私と同じような気持ちがあるんじゃないでしょうか。

ゴルフをする老人とか、私のように「樹座」で芝居をしたり、ダンスをしたりして、老人として労《いたわ》られたりしないで、できるだけ楽しげにふるまって、元気あるなあとみんなから見られるようにしているけれど、それはまあ世間への外づらで、本音の内づらでは、死ぬ時は苦しまないで死にたいとか、安楽死というのはどうするんだろうとか、節制すれば痛くなくて死ねるかなどと、皆いろいろ考えているのだと思います。

(『死について考える』)

と書かれています。

　死を直視する心と、死から逃避しようとする心、この二つのアンビバレンツな価値観の中での二本立ての闘病生活とは、私のオリジナルではありません。柳澤桂子さんの『愛をこめていのちみつめて』からの借り物ですが、私も今、かくありたいと思っています。

死とは何か

最近、奇怪な事件が連続して報道されています。死後数カ月を経った遺体が、民家からミイラ化した状態で発見されたというものです。

いずれも「まだ死んでおらず、生き返る」と信じたオカルト宗教がらみの禍禍《まがまが》しい出来事ではありますが、「死」とは何かを今一度考えるきっかけをあたえてくれているような気がします。

「人の死とは何か、生とは何か」。常識的になんとなくわかっているようで、突きつめて考えると、現代の先端医療や遺伝子工学との関連で改めて考えてみなければならない事態に直面しているように思われます。

これまで「死」とは、一般に「死の三徴候」、つまり呼吸停止と心臓停止、眼の反射の消失をもって医学的、臨床的に人間の死と判定してきました。

医師は、この三徴候をもって死と判定し、死亡診断書を書いています。しかし、

「医師の判定した死を人の死として受け入れるかどうか」は最近の脳死問題、臓器移植、遺伝子操作などとからめて考える時、はなはだあやしくなってきたように思えます。

三徴候による死の判定とは、通常「心臓死の判定」と思われていますが、実は単に患者の機能死を、医師の臨床的な経験から個体死として判定してきているのであり、心臓の臓器死、あるいは器質死としての心臓死を診断して死を判定しているのではないのです。

機能死とは、主要臓器の不可逆的な機能停止のために起こる死亡であり、体内の臓器や組織を構成している細胞が死亡しているわけではありません。

これに対して器質死とは、臓器を構成している細胞や組織がほとんどすべて死んでしまったために起こる臓器死です。しかし、現在の医療技術では、死後の病理解剖をして病理組織学的検索をしない限り、臓器の器質死を臨床的に診断することはできません。現実には、器質死をもって人間の死とすることは不可能なのです。そのため、臓器機能の不可逆性を確認するために（死者の蘇《よみがえ》りを予防するために）、日本では法的に、死の確認後二十四時間は、火葬、埋葬することを禁じているのです。

しかし、移植医学が発達して、死の判定に混乱が起きています。「脳死」が人の死か否か、「脳死」にも「脳幹死」をもって脳死を認める国と、大脳の不可逆的な機能停止まで含めた「全脳死」まで待って「脳死」とする国もあります。

臓器移植を可能にするためには、臓器の細胞、組織は生きていなければなりません。つまり移植した時、生着するためには、臓器の可逆性が求められます。

私は一医師として臓器移植は理解しているつもりですが、「脳死は死ではない」とか、「脳死者の身体は死体ではない」との主張も無碍《むげ》には斥《しりぞ》けることはできないような気がしています。

さらに最近のクローン技術など遺伝子工学をめぐる分野のすさまじい発達をみると、これから先、先端医療の現場で何が起こってくるのか予測がつきません。現代の科学技術は、クローン生物の誕生を確実なものとしています。

永久凍土に眠っていたマンモスの細胞からマンモスの個体を蘇らせる計画は、すでに現実のものとなりつつあります。細胞からの個体の再生は、技術的には可能な時代に入ったのです。「医の倫理」がどこまで歯止めになり得るのかは知りませんが、将来医学の分野にとりこまれないという保証はありません。

現在、日本では屍体は火葬にするのが当然になっています。火葬された灰や骨では、再生は不可能ですが、細胞のＤＮＡを生かし続ければ、クローン人間の誕生もＳＦ物語ではなくなります。未来の医学を信じて、「屍体を氷漬けにして保存しておいて欲しい」と願う人が出てこないとも限りません。

ミイラ化した屍体は、すでに細胞が壊死《えし》した状態です。蘇生の可能性は永久にありませんが、今回の禍禍しい事件もよく考えてみれば、「死とは何か」を改めて問いかけているように思えます。

〔一九九九年二月〕

誇りある死

平成十一年八月の初め、私が医師会病院に入院している最中、文芸評論家の江藤淳氏が亡くなられたことをニュースで知りました。

献身的な介護の末にガンで逝った奥様の後を追うように、「病苦は堪え難し……。自ら処決して形骸を断ずる」との遺書を残して自ら命を断ったというものです。

私自身は、江藤氏の作品に触れたことはありませんが、文学者にとって「生きる」とは、精神的な人格こそがすべてであり、その精神生活の持続が不可能となった時、自ら命を絶ち形骸を断ずると考えれば、心が萎《な》えての「自殺」よりは、自ら死を演出した「自死」と呼ぶ方がふさわしいような気がします。

「生老病死」のうち、「生老病」が己の「はからい」では如何ともし難いものであれば、せめて死に方ぐらいは自分で決めたいと思う人があっても不思議ではないかもしれません。

宗教学者の山折哲雄氏は、ある雑誌の対談の中で、

本当の自己決定とは何か考えたときに、東洋には、きわめて素晴らしい自己決定による死の伝統があることに気がついたんです。それは「断食」による死の受容というか、死の作法です。(略)

昔の修行僧の多くが、実際にそのような宗教的な断食死の実例を残してもいるんです。(略)

それがうまくいけば、おそらくがんのような痛みからも解放されて、自由になって自然に死ぬことができる。実際、具体的に聞いてみると、庶民のあいだでも最後は食を断って静かに死んでいったという例は、たくさんあるんですね。これこそが自己決定による死だと思います。(略)

と語られていますが、この文章を読んだ時、はたと思い当ることがありました。

それは私がまだ大学病院で仕事をしていた頃に聞いた、「ガンと高僧の死」に関す

る逸話です。
胃ガンを告知されたある高僧が、ガンと知ったとたん食欲を失くし、絶望のうちに死んでいかれた。悟りを開いたはずの高僧でさえかようだから、ガンの告知は簡単にやってはいけない、というものでしたが、私は当時、漠然とした疑問を感じていました。

果たしてそうだろうか。悟りを得た坊様だ。しかも高僧といえば、長い人生経験と豊かな宗教的修練に裏打ちされた人格者であるはず。そんな人が、不治の病と言われたからといって絶望するという、そんな単純なパターンを取るものだろうか。「死に行く身体に食物はいらない」と自ら食を断ち、死を待つ気になったとは考えられないだろうか。ただ、言い訳もされないから俗人には「絶望の果ての死」と映ってしまったのでは……、と考えていたのですが、今回の山折氏の「東洋的死の作法と伝統」を知り、かの高僧はやはり死期を悟り、「断食の行」に入られたのだとの感を深くしています。

死の床にあった良寛も、いよいよ病状が重くなると、自ら食も薬も断ってしまい、今風に言えば、延命治療を拒否しています。その時、つきっきりで良寛の最後を看取

っていた貞信尼が、

かひなしとくすりも飲まずいひたちてみづから雪の消ゆるやを待つ

とたずねると、良寛はこう返しています。

うちつけに飯を断つとにはあらねどもかつやすらひて時をし待たむ

「何もいきなり食を断つというわけではないが、今はなによりもやすらかな心地で時の来るのを待っていたい」

病と闘うのではなく、病を受容し、「やすらい」の境地に達する心情とは、まさに前述の高僧も同じ思いではなかったかと察せられるのです。

良寛はこの後、いよいよ臨終に近づいた時、

生き死にの界《さかひ》はなれて住む身にもさらぬ別れのあるぞ悲しき

「生死を越えた私達だけれどもやはり別れは悲しい」と詠んだ貞信尼に、

うらを見せおもてを見せて散るもみぢ

「生死ももみじの葉の裏表と一緒ですよ」と口ずさんで、辞世の句としたとされています。

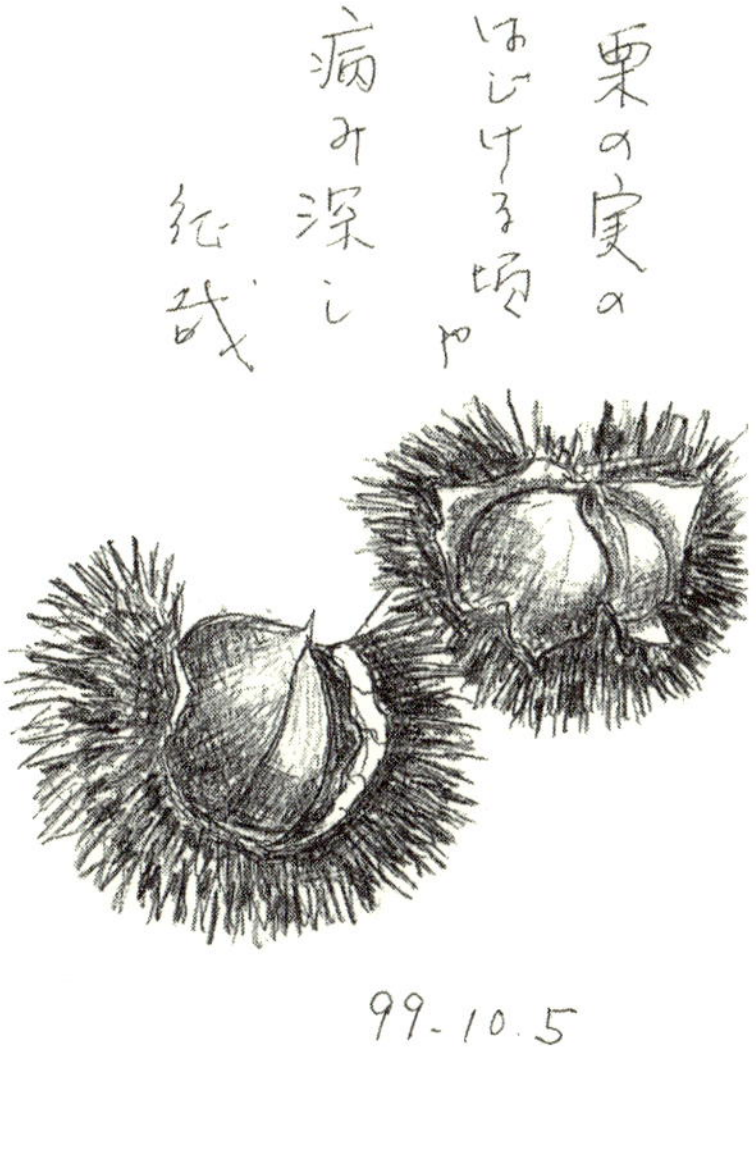

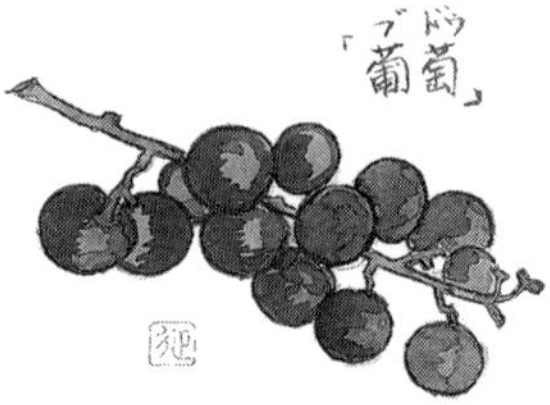

雑俳

征哉

錆鮎《さびあゆ》や命育む筑後川　一九九九年十月

霜枯れの田は休耕につき荒野原　一九九九年十二月

秋月にて
狂い咲く吉野桜や杉の馬場　一九九九年十一月

ランランと命輝く寒の蘭　一九九九年十二月

寒の鍋蕪《かぶ》の甘さが舌にとけ
一九九九年十二月

思い切り酒が飲みたし忘年会
一九九九年十二月

立冬に

寒じわり俺は骨皮筋右衛門《ほねかわすじえもん》
初冬《はつふゆ》やただ黙々と蟹《がに》を食い
一九九九年十一月

生と死のはざまにゆれて年が明け
二〇〇〇年一月一日

大寒を堪えて命が惜しくなり
二〇〇〇年一月二十六日

童歌《わらべうた》深夜のラジオ外は雪
二〇〇〇年一月三十日

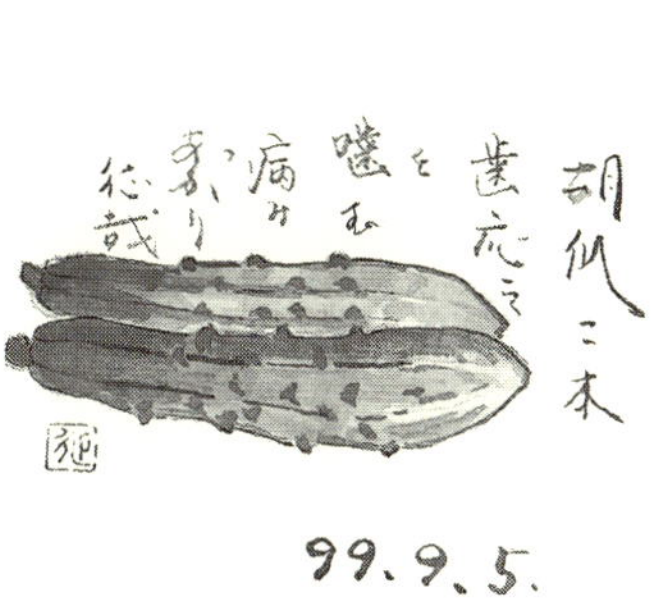

とうじ

寝る前のワイン一口
99.8.8
征.
史

出会い
── 私とガンと友人と

「ファイナルステージを考える会」との出会い

平成十一年（一九九九）四月十七日、少し体調がよくなってきた私は、高校の同窓会に出席することにしました。

「朝倉会福岡支部総会」が、福岡市天神の福岡国際ホールで催されることになっていました。二次会は「久賀の快気祝いを兼ねて」と、同窓生十数人が集ってくれることになっていたのです。

その日、少し早めに家を出た私は、天神で丸善書店に立ち寄りました。福ビルの二、三階にあります。天神に店舗を移してまだ数年ですが、医学専門書も豊富に品揃えがしてあり、時間をつぶすには最高の場所なのです。医学書のコーナーをぶらりとしている時、一冊の本が目に留まりました。

『末期がん情報　余命六カ月から読む本』（ファイナルステージを考える会編）とあります。

何気なく手にとってパラパラとページをめくってみた私は、一瞬驚きました。「福岡発・病医院調査」と書かれた末期ガン患者をサポートする医療機関のリストに、「往診をしてくれる病医院」として、「久賀医院」があがっているのです。院長である私の名前が一字間違ってはいますが、紛れもなく私の診療所です。アンケートによったと書いてあります。「そう言えば、そんなアンケートがあったっけかな」と、朧げながら思い当る節がないでもありません。

早速、その本を買い求めました。

「ファイナルステージを考える会」については、以前にその活動ぶりを新聞で見たことがありました。

「余命六カ月からの楽しみ」という題で、「西日本新聞」に連載されていたのです。それにこの会の世話人の一人である清水大一郎医師は、私の大学の後輩で、学生時代、剣道部の後輩でもあり、外科医として同じ教室に学んだ同門でもあるのです。

昔、私の診療所に応援に来てもらったこともあります。

「よし、自分もファイナルステージになったら彼に連絡しよう」。漠然とながらも、丸善の店頭で本を見ながらそう決めていました。

「シンクロニシティ」という言葉があります。

あたかも偶然のように必要な人や事物に遭遇したりする、同時性を指していますが、私にとってこの「ファイナルステージを考える会」との出会いが、まさにそのような気がします。

私がたまたまその日、少し早めに家を出て書店に立ち寄ったこと。「丸善」という大きな本屋さんの膨大な本の中で、たまたま立ち止まった目の前にその一冊があったこと。何気なく手にとってページをめくったこと、その中に自分の名前を見つけ出したこと。その本が、発行されてまだ一年にもならないこと。しかもその会の世話人が、私の知人であること、などなど。

その不思議な偶然の重なりは、あたかも天の配剤のようで、小説より奇なるがごとき妙味があります。やはり何か、見えない領域レベルでの誰かの手引きを感じるのです。

ハウトケア

癒しの作業

平成十一年七月、肺への転移が見つかり、抗ガン剤治療を目的に地元の医師会病院に入院した私は、まもなく清水先生に手紙を書きました。

私自身が食道ガンで手術を受け、術後一年目にして肺への転移が見つかり、再入院したこと、遠くない将来に死が訪れそうなこと、『余命六カ月から読む本』に書かれていた気丈なガン仲間の皆さんの輪の中に入れて欲しいこと、私の力になって欲しいこと、などを連綿と書き綴り、投函しました。

清水先生からどんな反応が返ってくるのか、これから先どう展開していくのか、一抹の不安はありましたが、とにかく返事を待つことにしました。ただ、この手紙を書いたことで私自身の気持ちは、不思議と落ち着いてきました。

今の気持ちを誰かにわかって欲しいと思う苛立ちと、家族にはあまり心配をかけた

平成12（2000）年の花見。「ファイナルステージを考える会」の仲間と。前列左から吉岡さん、著者、後列左から岩崎先生、末崎さん、清水先生、田畑さん。

くないとの思いが、交錯していたのです。それに身近な者の前では、あまり弱さをさらけ出したくないとの男の見栄もありました。

数日後、清水先生より電話がありました。私の病気については、すでに先生の耳にも達していたようです。

「近日中に是非、病室におうかがいしたい」との申し出を受け、次の休日に来院していただくことになりました。

七月二十日、海の日、清水先生は一人の女性を伴って病室を訪ねてくれました。岩崎瑞枝先生と紹介されました。アロマテラピー、ハウトケアを受け持ってくださるとの紹介ですが、本職は、医学部看護学科や保育短大などで文化人類学、なかでも「死生学」を中心に教えられている講師だそうです。

早速その日から、ハーブオイルを塗って手足のマッサージをする、ハウトケアを受けることになりました。

「初めての経験ながら、頗《すこぶ》る気持ちよし」と日記に記しています。

次の週からは、清水先生、岩崎先生の他に、ボランティアとして「ファイナルステージを考える会」に参加している保育短大生の丸山さんなども一緒に来てくれ、約二時間近くのアロマテラピーによる手足のマッサージをしていただくことになりました。

「悲」の心

ハウトケアの心地よさは、マッサージによる肉体的快感だけではありません。

私は手足のマッサージを受けながら、五木寛之氏が『大河の一滴』の中で紹介されている仏教の「悲」の心を考えていました。

「悲」とは、慈悲の「悲」です。サンスクリット語では、「カルナー」というのだそうですが、溜息、呻き声を意味するそうです。人の悲しみを一緒に呻くのです。五木

氏によれば、

人間の傷を癒す言葉には二つあります。ひとつは〈励まし〉であり、ひとつは〈慰め〉です。

人間はまだ立ちあがれる余力と気力があるときに励まされると、ふたたびつよく立ちあがることができる。

ところが、もう立ちあがれない、自分はもう駄目だと覚悟してしまった人間には、励ましの言葉など上滑りしていくだけです。（略）

そのときに大事なことはなにか。それは〈励まし〉ではなく〈慰め〉であり、もっといえば、慈悲の〈悲〉ということばです。（略）

他人の痛みが、自分の痛みのように感じられるにもかかわらず、その人の痛みを自分の力ではどうしても癒すことができない。その人になりかわることができない。そのことがつらくて、思わず体の底から「ああ――」という呻き声を発する。その声がカルナーです。（略）

（『大河の一滴』五木寛之より）

「あなたの気持ちはよくわかるわ。辛いのよねえ。でも、私にはどうしてあげることもできない……」との思いをこめて、手に手を重ね、肌をさすりながら深い溜息をもらすのです。

また、遠藤周作氏はその著書の中で、

病気の人、悩みを持っている人の心の痛みや悲しみは、それは他人に伝わらない。この痛みは自分だけが感じているんだと思ったときに、二倍にも三倍にも大きくなっていくのだ。

と書かれています。

人間の苦痛というものには、かならず孤独感というものがつきまとっているということです。卑近な話をすれば、もし、あなたが歯が痛くて眠れなかった夜があったとすれば、その夜を思い出してください。歯が痛かった夜というのは、全世界の中で自分だけが歯が痛い、と思って苦しむのです。全世界の中で歯が痛い人間はごまんといるにもかかわらず、歯の痛い人間というのは、自分だけが歯痛に苦しんでいる、と思います。
それと同じように、ある不幸な目に遭った人は、かならずひとりぼっちでそれを悩んでいる、と思いつめているのです。これは、精神的な苦痛だけでなく、肉体的な苦痛の場合でも同じことです。
だから、その肉体的な苦痛の場合、誰かがじっと手を握って側にいてくれれば、苦しみの五〇パーセントを占めている孤独感は消えるのです。ということは、苦痛の中に占める精神的な苦痛の部分である孤独感がなくなり、肉体的な苦痛だけになり、痛みは半減してしまうことになるのです。だから手を握ってもらえば、人間の痛みはだんだん鎮まっていくのです。私は体験を通して、このことがわかりました。

（『私のイエス』遠藤周作より）

私は手足のマッサージを受けながら、ハウトケアとはまさに〈悲〉の心の実践、〈慰め〉の実践そのものであり、手を撫で、足をさすられることで、閉ざされていた心の痛みが、セラピストの手の温もりを伝って二分の一、三分の一に拡散していくのだろうと確信しました。

私自身は今のところ、まだそれほどひどい痛みも苦しみも感じてはいませんが、やがてターミナルステージを迎えた時には、この癒しが確実に病人の心を開いてくれるであろうことを実感しています。

この癒しの作業は、その後もほぼ週一回、今も続いているのです。

運は天にあり

久留米大学病院総合診療棟三階の昇りエスカレーターを降りたすぐ左手、整形外科待合室の脇の辺りに「剣医一如」と書かれた額が掲げられています。

久留米大学医学部剣道部の大先輩で、医師であり、かつ剣道八段範士であった熊丸治先生が揮毫され、総合診療棟の新築記念に寄贈されたものです。禅僧で有名な沢庵和尚の教えに「剣禅一如」という言葉があります。「心にものを止めない心」で、どんな事態にあっても自在に対応して、自分の主導力で見事に処置していけるよう強い精神力を身につけるように、との禅の高徳の不敗の訓えだそうです（『無をもって、力となす。』赤根祥道著）。

熊丸先生がこの「剣禅一如」を意識して「剣医一如」を揮毫されたものかどうかわかりませんが、医を学ぶ後輩として剣の手解きを受けた弟子の一人として、「剣医一如」とはまさに、どんな環境にあっても現実を直視し、自在の心で物事に対処できる逞しい精神力を養うことだと受けとめました。

心を自由にし、執着心を捨て、のびのびと自由自在に操ってこそ、剣にもメスにも精気が漲るのだ、との思いが込められているのだろうと思います。

私は入院中に、先生が東京で客死されたとの訃報を知りましたが、お通夜にも告別式にも、その後に行われた大学剣道部「剣士会」の「熊丸先生を偲ぶ会」にも出席できませんでした。

総合診療棟の消化器病センターに行く度に額を見て、密かに御冥福をお祈りしていますが、その度に、「久賀君、己に克つ強い心をもつのだよ」と諭されているのを感じます。

運は天にあり、鎧は胸にあり、手柄は足にあり、何時も敵を掌にして合戦すべし、
疵はつくるなし。
死なんと思へば生き、
生きんと戦へば必ず死するものなり。
家を出るより帰らじと思へば又帰る。

帰ると思へば亦帰らぬものなり。
不定とのみ思ふに違はずと言へど、
武士たる道は不定と思ふべからず。
必ず一定と思ふべし。

（『無をもって、力となす。』より）

これは川中島で武田信玄と関東、東北、北陸の覇者を競い、名将と謳われた上杉謙信の言葉として、春日山城の壁書にあるそうですが、執着を捨てて無心になった時、初めて活路が開ける教えでしょうか。

武士たる道は一定。武士道の要《かなめ》は「智、仁、勇」といわれます。

怯《ひる》まぬ心の鍛錬、逆境に屈することのない勇気を訓練することこそ、剣道の真髄であったことを、今、改めて思い返しています。

この頃思うこと「濁世《だくせい》」

抗ガン剤による治療も一クール終わり、状態は少し落ちついていますが、この頃、新聞をひろげては溜息をつき、テレビを観ては一人慨嘆しています。

世紀末になって、日本は政治も経済も医療も教育も、あらゆるものがおかしくなっています。タガがはずれているようです。

先日は、慶応大学医学部の学生五人が一人の女学生に集団暴行して退学処分になったとの報道を見ました（その前には国立三重大でも同じような事件が報じられていたようですが）。

少なくとも慶応大学医学部といえば、日本ではエリート中のエリートのはずです。一人でついて行った女性にも非があるとの報道もあったようですが、嫌がる女性を集団でレイプするなど、決して教養人のする所業ではありません。一対一ならまだ言い訳もできましょうが、集団でのレイプなど言語道断。野に生きる獣や犬や猫の世界では、一匹の雌をめぐって雄同士で争うことはあっても、一匹の雌に数尾の雄がたかって事をなすなど、決して見られない行為です。「人面獣心」という言葉がありますが、人間道は畜生道に劣るということでしょうか。

集団暴行事件など昔からあるにはあった行為だろうとは思いますが、少なくとも陵辱、虐待など、教養ある人間の行う仕業ではないはずです。特にこれから人の命を預かる医師になろうとする人間が、進んで人権蹂躙《じんけんじゅうりん》するような、そんな野蛮で無教養な人間であってよかろうはずはありません。

「強姦」や「嬲《なぶ》る」などという字は一日も早く死語にして欲しいものです。

最近発表された大学での医師・歯科医師の養成のあり方を検討した文部省の協力者会議は、医学生の医学知識の習得に言及しただけでなく、「人間性が豊かで温かさがあり、人間の生命に深い畏敬の念を持ち、患者や家族と対話を行い、その心を理解し、患者の立場に立って診療を行える医師でなければならない」と強調しています。

(『生き上手死に上手』遠藤周作)

テレビのワイドショーを観ていると、報道記者が民家に忍び込み、入浴中の女性をビデオ撮りし逮捕されたり、アナウンサーが芸能プロダクション主催のパーティに参加し、みだらな写真を週刊誌に掲載されて話題になったりと、なんとも醜悪な話でいっぱいです。「サッチー騒動」などと、厚顔無恥、傲慢無礼なオバサンのバッシング番組も連日続いています。

政財官界人の横着、無責任ぶりといい、エリートの破廉恥さといい、モラルハザード（倫理の欠如）の蔓延は如何ともし難く、今の日本はなんと無教養な人間ばかりになってしまったのかと、嘆かざるを得ません。

私が怒っても詮ないことですし、私自身が清廉潔白に生きているなどとは言いませんが、日本人が古来求めてきた真善美は、一体どこへ消えてしまったのでしょうか。

「残された人生が短くてよかった」

そう思うのはやはり淋しいものです。

〔一九九九年八月〕

姿、形、佇《たたず》まい

　今、新聞やテレビを賑わせている二〇〇〇年一月一日、私は五十八歳の誕生日を迎えました。

　前にも書いたように、父が六十九、母が二十九、そして私を弟のように可愛がってくれた父の従弟が四十九歳、叔母が三十九歳で他界しています。その流れからすると、私の享年は五十九かと感じていたのですが、この頃の体調からみると、後一年の余命は保てそうにありません。

　普通の人間は死のことを考えずに生きています。医学的に明らかに目の前に死があるとわかっていても、死の忘却というものが生の条件であるかのように、今の瞬間が永久に続くかの如き生き方をしてしまうのです。

「姿、形、佇まい」という題のエッセイを読んだことがあります。確か、村松友視氏が何かの雑誌に掲載されていたもので、私がまだ五十になったばかりの頃のものだと思います。

「昔は、五十歳も過ぎた男の背中には、その人の生きてきた人生の年輪にふさわしい風格というものが、その姿、形、佇まいの中に滲《にじ》み出ていたものである。しかるに今日、そんな風格を感じさせる人にとんと出会うことが無くなった。自分をも含めて実に嘆かわしく、淋しいことである」

といった主旨内容だったと思いますが、私はあるスピーチにこのエッセイを利用させていただきたいと思いながら今日に至っているのです。

私はライオンズクラブに所属しています。正式には国際ライオンズクラブ三三七A地区甘木ライオンズクラブというのですが、民間の奉仕団体です。私が所属するライオンズクラブでは、月に二回定例会があり、一回目の例会でその月の誕生月該当者に記念品が贈られることになっています。記念品をもらった人は、御礼のスピーチをするのです。私はその御礼のスピーチに、このエッセイを利用させてもらいたいと思ってきました。

「誕生祝いをありがとうございました。私もいよいよ五十を過ぎました。姿、形は身長一六二センチ、体重五八キロと、日本人の中でも小柄な方ですが、これからはせめて佇まいだけでも風格ある大人《たいじん》を目ざしたいと思っています。今年もよろしくお願い致します」

そう挨拶したかったのですが、残念ながらまだその機会がありません。というのは、一月生れの該当者が多過ぎるのです。そのため代表者一人の挨拶か、「誕生祝いありがとうございました」の一人一言で終わりとなります。せっかく準備した挨拶も、これまで使う機会がないままに八年が過ぎたのです。

食道ガンの手術を受けて一年半、現在体重は四〇キロを割り、身長一六〇センチと、姿、形はいよいよ貧にして弱、見る影もありませんが、せめて心意気だけはなんとか軒昂でありたいと望んでいます。

「そう肩肘張らずに、病人は病人らしくしていろよ」

との声が聞こえてこないでもありませんが、「病《やまい》、何するものぞ！」ガンと共存して生きていくためには、せめて居住まいを正し、佇まいだけでも健康でありたいと願っているのです。

最近、ある方に、「久賀君、君の精神力は強いね」と言われました。しかし、それは嘘です。本当に胆力があれば、もっと恬淡と生きられるはずです。まず、死んだ後に書き物を残そうなどと、さもしい心も起こらないだろうと思います。

「らしさ」の教育

前章で男の風格について触れましたが、最近テレビや新聞などのマスコミを賑わしている新潟県警の不祥事は、なんと風格のない無様《ぶざま》な醜態なのでしょうか。

発端は監禁されていた女性が九年ぶりに解放された事件にからんで、その時トップの指揮官であるはずの県警本部長や監察官が職務そっちのけで温泉宿で宴会、マージャンにひたっていて、適切な対応をしなかったというものですが、その後の虚偽の報告といい、マスコミへの対応ぶりといい、日本人の魂はいよいよ落ちるところまで落ちたものだとの感を深くしています。

最近、あまりにもだらしのない「らしからぬ犯罪」が多過ぎるような気がします。今回の県警トップの不祥事も勿論ですが、警察官による様々な犯罪行為、学校教師による未成年者との淫行、援助交際の発覚、財界人によるバブル崩壊後の対応の目に余る無様さ、昨今の政治家の右往左往ぶり……。

まさに「日本人は死んだ」としか言いようがありません。戦後五十年の間に日本人の魂は完全に抜きとられたのでしょうか。

私が中学校に入学した年、昭和二十九年、私の地元の中学校では「らしく会」というのがあっていました。

放課後、男女別に校庭の片隅に整列し、三年生の生徒会長や副会長が檄《げき》を飛ばすのです。

春の夕暮れ時の日溜まりの中、睡魔に襲われて詳しくは覚えていませんが、演説の内容は「男は男らしく」、「女は女らしく」、そして「中学生は中学生らしく」といったものでした。演説の間、十人ほどの生徒会役員が新入生の間をまわりながら、「ボタンがとれている」とか、「詰襟はきちんと詰めるように」とか、「帽子は斜めに被ってはいけない」などと注意していました。

ひとしきり演説がすんだ後は、男女一緒になって歌の稽古です。当時、私達の中学校には五つの歌がありました。「校歌」、「応援歌」、「凱歌」、「逍遙歌」、それに「若竹の歌」です。生徒手帳を片手に、三年生が打ち振る拳に合わせて一生懸命に練習しました。

どの歌も二番くらいまでなら今でも歌えます。「逍遙歌」など、確か十番くらいまで歌詞があるはずです。

この時間帯、校庭に先生の姿を見かけることはありませんでした。完全に生徒会活動として、生徒の自治にまかされていたようです。

それから数年後、時代は「らしさの教育」から「らしくない風潮」がもてはやされる時代となり、その後「らしく会」も消滅したと聞きました。この頃から価値観の多様化が叫ばれるようになり、「一つの枠にはめて人を見てはいけない」とか、「人には多様性があるのだから、一つの枠にとらわれて育つ必要はない」といった教育観の中で、「なんでも有り」の人間形成が行なわれるようになったようです。

「教師らしくない教師」、「医師らしくない医師」、「政治家らしくない政治家」といった「らしくないことをよしとする風潮」がもてはやされるようになり、同時に「らしからぬ犯罪」というのも、この頃から増えていったのではないでしょうか。

最近、昔なら決して起こるはずがなかったような犯罪が多発しています。その大半は、「自分が何者であり」、「どんな立場にいるのか」を完全に忘れているとしか言いようのない事件です。

警察官気質《かたぎ》、教師気質、職人気質、政治家気質、医師気質、それぞれが自分の立場を自覚し、わきまえさえすれば起こらなかっただろう事件や事故が目立ちます。

先般、起こった東海村における原発事故も、亡くなられた方には本当に気の毒ですが、自分達が何者で、取り扱っている品物がなんであるかといった基本的な「職人気質」があれば、あんなお粗末なことにはならなかったのではないかと思えてなりません。

それにしても最近の様々な日本の風潮をみていると、戦後のアメリカ占領軍の政策で一番成功したのは教育改革だった、という説に説得力があるように思えてきます。どんな場合でも、被占領国を本当の意味で強くしようなどという占領政策はあるはずがありません。

戦後五十年間で、日本は経済的には大国になったのかもしれませんが、武士道において一貫して理財の道を卑しいもの、すなわち道徳的な職務や知的な職業をこそよしとする風潮をなくしてしまい、政治が腐敗し「名誉」を捨て、損得勘定を優先する社会を作り上げてきたのです。

「風格」とは、その人らしさと心の積み重ねです。それぞれに生きてきた人生の年輪が醸《かも》し出す「風采品格」の養成こそ、今、日本人の教育に求められているのではないでしょうか。

「花は桜木、人は武士」。やはり日本人はいつの時代にあっても、礼儀と「恥」を知る民族であって欲しいと願っています。

「何を偉そうな」と笑わないでください。私は二十一世紀を見ることはできないと思いますが、「引かれ者の小唄」と読み流していただければ結構です。

自分らしく過ごすための八カ条——波多江伸子さんとの往復書簡

拝啓

日一日と秋が深まり行きます。

お手紙ありがとうございました。

「ファイナルステージを考える会」の八月例会では、大変お世話になりました。私如きの拙い話にお付き合いをさせてしまって恐縮に存じます。

私は十月四日より地元の医師会病院に再入院しています。八月、自分の診療所の都合で抗ガン剤治療を後一クールやり遂げるための入院です。

「覚悟しつつ諦めない」。大事な姿勢だろうと思いますし、医者としても可能性があるのにしないというのはやはり悔いを残しそうです。診療所の方には問題を抱えたままの状態ですが、今はとにかく命を惜しむ方を選択することにしました。

「生と死のはざまに」の原稿を校正していた時、自分の余命を五、六年とするか、

一、二年とするか、あるいはもっと短いのか、書いては消し、消しては書きをくり返しました。

五、六年では、医者として現実を認識していないと言われそうですし、一、二年以下では読んだ人が対応に困るだろうなあとの思いからです。結局、あの文の中では余命三、四年としましたが、食道ガンが肺へ転移し進行していることがはっきりした今、残された時間の中で何ができるのだろうかと正直なところ焦っています。

「手記」もなんとか単行本にしたいと思っています。海鳥社の古野さんからも是非にと勧められています。なんとか完成をと思いながらも、感性の乏しさと引き出しの少なさのため、中々前に進みません。

抗ガン剤治療目的で入院した今、気力の低下、心の萎えにどこまで堪えられるのか、心もとない限りです。

「半年先の目標を立てて生きる」。よいことを教えていただきました。私もまず半年先に目標を設定し、日々刻々の生を充実させたいと思います。

重ねてお便りありがとうございました。

これからも宜しく御願い申し上げます。

平成十一年十月

久賀征哉

波多江伸子様

＊＊＊

久賀征哉先生

お手紙拝見いたしました。抗ガン剤治療のため再入院されたとのこと、先の見えない不安と身体の不調とで、重苦しい日々を送っていらっしゃるのでは、と案じております。

気になるのは治療の副作用ですが、いかがでしょうか。マリファナの吸引が抗ガン剤によるムカムカに制吐効果がある、というアメリカの研究結果を以前に何かで読んだ記憶があります。しかしアメリカでも、臨床的に使われているかどうか知りません。今、日本で使うと、ムカムカは治まったけれど逮捕されてしまった、ということになるわけですが……。本当に効果があれば、医療用の麻薬のひとつとして将来認可されるのでしょうか。

さて、去る十月十二日に、福岡市中央区医師会がノンフィクション作家の柳田邦男さんを招いての講演会を催されました。私も潜り込んで聞かせてもらったのですが、講演の結びに「最後まで自分らしく過ごすための私の八カ条」を披露されました。もしかして久賀先生の「覚悟」にお役に立つかもしれないと思い。書き留めてきました。

最後まで自分らしく過ごすための柳田邦男氏の八カ条

一、死のリハーサルとして他人の闘病記を読む。自分の死は応用問題と考え、多くの人の死に方を研究する

＊ちなみに柳田さんは、千冊以上もの本を読まれたそうです。久賀先生も相当お読みになったのではないかと思います。私も夥《おびただ》しい量を読みましたが、やはり自分の問題はなかなか応用のきかない問題のようです。

久賀先生は医師でいらっしゃるので、ご自分が看取られた患者さんからも学ぶ

ところがおありではないでしょうか。先生は、大変文章がお上手です。冷静で的確な、読みやすくてしかもみずみずしい文章。この文章力をもってすれば、相当深い内容のものが表現できることと期待します。他人の書いたものを読むより、ご自分で書かれる方を私はお勧めいたします。

二、生きる目標をできるだけ小さく絞り、優先順位をつける。

＊半年先までの目標になりそうなことを三つくらい考えてくださいと、柳田さんは言われました。現に「ファイナルステージを考える会」の代表・小山ムツコさんは、乳ガンの骨転移で余命六カ月と告げられて半年先の目標を立てたのですが、予想に反してその後七年、立派に仕事をしています。目標も半年ごとに大きなものになっていきました。

久賀先生がどんな人生を送ってこられたのか、どんな人間関係を作ってこられたのか私は何も存じ上げませんが、適応能力に優れたおとなとして我慢もいっぱいされてきたのではないかと拝察いたします。自分の本当にやりたいことをやり遂げる時期になったというふうに、今の時期を解釈できませんでしょうか。本を書くとか、仕事の始末にあてるとか、人間関係の調節をしておくとか……。この際、「自分のいちばんしたいこと、すべきことを考えること」に焦点を絞って、優先順位の選考をなさってはいかがでしょうか。

お書きになったもの、お話しぶり、手紙というわずかな材料から勝手なことを言ってすみません。

三、よく死ぬためのネットワークを作り、信頼できるキーパーソンを決める。

＊一人きりで頑張るのは難しい、と柳田さんは言われました。自分のことをよく理解してくれる人たちに援助をお願いした方がいい事態のようです。先生の周りには理解あるお友達やご家族などがおいででしょうが、身近な人にはかえって話しにくいこともあります。それこそ、こんなことを言うと相手がどういう対応をしてよいか困惑するだろう、悲しい思いをさせるだろうと気をつかってしまいます。

そんな時、「ファイナルステージを考える会」のメンバーや私でお手伝いできることがありましたらどうぞおっしゃってください。治療関係のネットワークは、それこそ医師会のお仲間ネットをしっかりおもちですから心丈夫ですね。

四、自分の人生を完成し納得するために、設定した目標を達成させてくれる治療をする医師を選ぶ。

＊目標設定をしたあとで、それがうまくやり遂げられるように目的に沿った治療方針を決めるということのようです。抗ガン剤治療がそのために役に立ちそうならそうした方がいいけれど、もし効果よりダメージが大きく体力気力の低下を招くことの方が問題になるならいっそ止めて体調を整えることの方がいい、と柳田さんはおっしゃいました。

ただ、私は何か特別な目標をあげなくてもいいと思っています。「生き甲斐」とか「生きる意味」というのはそれぞれ固有なものなので、どんなにささやかでも、自分の楽しみ、生き甲斐をもっていれば充分ではないでしょうか。

「最後まで、毎晩風呂上がりにビールを飲む」という目標のために治療方針を考えるのも、なかなか粋ではありませんか。

五、在宅ケアを視野に入れる。

＊柳田邦男さんは、今、東京の在宅ホスピス研究会の顧問をしていらっしゃるので、在宅のよさをいろいろおっしゃっておられました。確かに自宅での治療は、入院よりも行動の制約が少ないし、ゆっくり過ごせるかもしれません。

私は両親とも在宅で看取りました。母は十年前、父は三年前のことでした。母が亡くなった時、家の前の道を、その頃すでに珍しかった近所名物の豆腐屋の小父さんが、とぼけたラッパの音を響かせて通り過ぎて行きました。春の夕方の柔らかな陽射しが寝室の障子越しに射し込んでいました。

一人になった父は、「お母ちゃんの時はよかったから、私も家で……」といつも言っていました。でもこれは、その家庭によっていろいろ条件も違うので無理なことはしない方がいいかもしれません。先生は病院でも、自宅のようにくつろがれることと思いますが、いかがでしょうか。

六、ユーモアを忘れない。

＊どこから見ても楽しくない毎日だとお察しいたします。朝起きてもまたうんざ

りするような一日が待っているだけだと憂鬱でしょうが、書かれたものやお話しぶりから、先生はユーモアのセンスをおもちだという印象を受けました。自分のおかれた状況の中に、どこかしらおかしいものを見つけられるゆとりあるお人柄だとお見受けします。

上智大学のアルフォンス・デーケン先生の言葉を借りるなら、「ユーモアとは、にもかかわらず笑うこと」だということです。

先日、「笑いの効用」という講演を聴きましたが、笑うことによって免疫力がぐんとアップするとのことです。作り笑いでも効果があるということでしたがホントかいな、と思いました。大声で笑うのは確かにストレス発散や有酸素運動的効果があるかもしれませんが、無理に愛想笑いをしなければならない時はかえって免疫力が下がるような気がします。

私はユーモアとは非常に内面的な、優しいものの見方だと思っています。自分を客観的に眺め相対化する、ゆとりの心持ち。許す気持ち。もちろん他人に対してもそうですが、腹立たしい自分の状況を許してやる、といった優れた心のあり方です。……と、わかっちゃいるのですが、最近ゆとりなくいらいらと当り散らしているばかりの私です。

七、リビング・ウィルを書いておく。

＊意思表示できなくなった場合に備えて、きちんとした文章を残しておくことは誰にとっても大切だと柳田さんは言われました。尊厳死協会のリビング・ウィルでもいいし、もっと詳しいレット・ミー・ディサイドの事前指定書もあります。医師でいらっしゃるので、ご自分の言葉で書いておかれると、いざという時に、ご家族も主治医の先生も助かられると思います（もっとも先生がご自分の意思よりも家族や主治医の方の意見を信頼して任せようと考えられるなら別ですが）。

最近、弁護士や税理士さんたちが、遺言状がそのとおりに守られているかどうかを見守る会、みたいなＮＰＯを作ったというニュースを聞きました。

八、自分の葬式の挨拶状を書いておく

＊これは柳田さんが作家なので思いつかれたことなのかもしれません。挨拶状というのは、私の個人的な趣味から言えば、どうもちょっと……という感じですが。

ただやっぱり、なんらかの形で、この世でお付き合いいただいた方々への感謝を申し述べておきたいとは思います。

以上が、柳田邦男氏の八カ条に私が勝手な注を付けたものです。先生が、ご自分の状態をかなり厳しいものと受け止められていらっしゃることを知り、何かのお役に立てば嬉しいと思い、お節介にもお便りしました。

お役に立てることがありましたら、遠慮なくご連絡ください。この手紙については、返事を書かなくては、などと気を遣われずに、どうぞお読み捨てください。お見舞いのメッセージのつもりですから。

御自宅へ送るよりも早く手紙がお手許に届くかと思い、病院の方にお送りします。

波多江伸子

＊　＊　＊

拝復
田舎の景色ははや晩秋の装いです。

波多江様にはお変りなく御健勝のことと存じます。

先日より御便りを頂きながら返事も差し上げられぬままの御無礼、御容赦願います。

十月四日より地元の医師会病院に入院し、抗癌剤の治療を受けたのですが、案の定、その副作用はひどいもので、嘔気、嘔吐、全身倦怠感、食事は全く受けつけず惨憺たる有り様で約一カ月を過ごしておりました。

頭が禿げ上がらなかっただけでももうけものかと慰めてはいますが、抗癌剤治療は度《たび》を重ねる毎に馴れるものではないことを実感しました。先生の御便りに、「もし抗癌剤治療が効果よりダメージが大きく、体力気力の低下を招くことの方が問題になるならいっそ止めて、体調を整えることの方がいいのかもしれません」と書かれていましたが、まさに至言と納得しました。

ただ、私自身医者として、これまで多くの患者さんに抗癌剤による治療を薦めてきました。その私が自分だけ「きついのは厭だ」と逃げたのでは、これまでの私の医者としてのポリシーを問われるようで、たとえ過酷であってもこれもまた貴重な経験かと自らを納得させている処です。

それにやはり「天命を待つために人智を尽くす」のは、医者の立場としては当然のことかと合点しているところでもあります。

お便りの中にありました柳田邦男氏の「最後まで自分らしく過ごすための八カ条」、いずれもなるほどと身に染みています。是非、心に留めておきたいと存じます。

昨日十月三十日、医師会病院を退院し、その足でそのまま「ファイナルステージを考える会」の十月例会に参加させていただきました。甘木までわざわざ岩崎先生にお迎えを頂き、傾聴スキンアップ、講演会に出席しました。帰りは清水ドクターの自宅へ寄せていただき、夜遅くまで久々に楽しい刻を過ごしました。柳田氏の八カ条にある、「三、よく死ぬためのネットワーク作り、信頼できるキーパーソンを決める」にふさわしい新しい人間関係の輪が今、私のまわりに確実にひろがろうとしていることを感じています。

波多江先生にも、これから様々にお縋《すが》りすることと存じます。宜しくお願いします。

昨日の例会でお会いして、お礼を言うつもりでいましたが、お会いできず残念です。

向後の御厚情を御願い致しますと共に、御礼が遅くなりましたこと、重ねてお詫び申し上げます。

九九・十・三十一

久賀征哉

医師として患者として

吾が生い立ちの記

物心つく頃

私は昭和十七年（一九四二）一月一日に生れました。

出生地は、福岡県朝倉郡三輪村（現三輪町）大字上高場九二四番地となっていますが、実際に生れたのは、九州医学専門学校（現久留米大学医学部）附属病院産科病棟です。

昭和十七年元旦、屠蘇を祝っていた祖父母の元に、「男子出生す」との電報が届いたと聞いています（当時も電文は片仮名で印字されていたはずです。正確にはなんと書かれていたのでしょうか）。

当時、大学病院産科での出産とは決して尋常ではありません。その頃、母はすでに体を病んでおり、「子を産めばあなたの生命は保証できない」との状態の中で、私を産んでくれたようです。

父は軍医として、ジャワかスマトラ辺りの南方に出征しており、在所には祖父と祖母が居たのです。

私の父は産婦人科医でしたが、母の兄達も二人が産婦人科医をしており、当時の九州医専産婦人科教室の向井教授が母方の親戚であったというような関係もあって、病を押して私を産むことになったようです。

私が生れる前に、姉と兄が夭折していたのです。

姉は幸子と名付けられ、昭和十三年享年一歳です。兄はまだ名もつかぬままに亡くなっています。

私を産んでちょうど一年目、昭和十八年一月十三日に母は他界します。現在の知識でみれば多分、悪性リンパ腫ではなかったかと思われますが、享年二十九歳です。

私が物心ついた頃、家には七十代の祖父母と二十代の叔母と、叔母の子、智子がいました。叔母は夫が戦死したため実家に戻っており、昭和十八年の八月に従妹の智子が生れていたのです。薄暗い電気の笠に風呂敷をかぶせた仄かな灯りの下で、五人が肩を寄せ合うようにして小さな卓袱台《ちゃぶだい》を囲んでいました。卓袱台の正面には、軍服姿の父の写真が飾ってあり、食事の時には陰膳が据えられていました。時々空襲警報が鳴り、裏手の竹藪の中にあった防空壕へと走り込んでいました。

防空壕の土の黴《か》びた臭いと、中に敷いてあった孟宗竹の簀の子の感触は今でも懐かしく思い出されます。

祖父も祖母も病弱であったようです。祖父はいつも丹前を着て、寝たり起きたりしていました。軍医の留守宅とはいえ、非農家であった我が家がどうやって食を得ていたのかよくわかりません。

その頃、家の庭にはたくさんの草花が植えられていました。

主に祖母と叔母が手入れをしていたようですが、私と智子はサキナシジョウケを持って祖父に伴われ馬糞拾いに行っていました。草花の根元に入れ肥料とするのです。白百合、芍薬《しゃくやく》、アマリリス、菖蒲、百日草、ガーベラなど、季節ごとに様々な花が庭いっぱいに咲いていましたが、時々その花を切って小さな束にし、近所に配って歩くのです。

「仏様にあげてください」

智子と二人、胸いっぱいに抱えた花束を、小走りしながら嬉々として配ってまわりました。代わりにお菓子やお餅や芋など、何がしかのお駄賃がもらえたのです。時に

日暮れ時帰ろ帰ろと虫が鳴き

はお米をいただいたこともありました。今思えば、行乞《ぎょうこつ》の真似事であったのかと思えぬでもありませんが、昭和二十一年十一月に父が戦地から帰還するまでの間、病弱で年老いた祖父母と二十代の未亡人の叔母と幼子が二人、なんとか飢えずに生きてこれたのです。

田舎とはいえ、あの頃、働き手もなく農家でもない家族が、五人食べていくのは並大抵のことではなかったはずです。

父帰る

当時、祖父母達の苦労は知らず、幼子の私にとって父が帰って来るまでの日々は平穏で心豊かなものでした。

二十代の叔母は、私と智子を兄妹として育て、祖父母は両親のいない私を思いっきり甘やかしてくれました。とは言ってもそこは明治前生れの祖父母のこと、躾は結構やかましく、祖父にバリカンで頭を叩かれたことなど、縁側の日溜りのぬくもりとともに今も鮮やかに脳裡に甦ってきます。

昭和二十一年十一月に父が戦地から帰還し、翌年二十二年六月に新しい母を迎えることになります。

その頃、母が継母であることは私には知らせないことになっていたらしく、「あんたの母ちゃまは父ちゃまと一緒に戦争に行きなさって、母ちゃまの方が一足遅れて帰ってきなさったとよ」と、親戚の誰かが私に説明してくれました。なるほどそうかと合点していた部分もありますが、なんとなくちぐはぐな雰囲気があり、そのうち近所の誰かが「あんたの本当のお母さんはね……」などと教えてくれたりして、小学校に入学する頃には、実母はすでになく継母に育てられていることをはっきりと意識していました。

新しい母を迎えた日、頭から顔に白い布をかぶり真白な化粧をした女性が私を膝に抱こうとした時、怖がってその手をふりほどき、泣きながら庭へと飛び出していったのを覚えています。泣いている私を、従兄弟が近くの竹藪に連れていって笹舟を作ってくれました。竹藪には笹の実がたわわに実っていました。

戦地から帰った軍医あがりの父は、患者さんには神様のように慕われていましたが、身内には大変に厳しい人でした。とにかく毎日怒られ、ただ怖さに震え、父を避けて逃げまわる毎日になりました。

父など帰って来なければよかったのに、とどれだけ思ったかわかりません。父が帰り、新しい母が来たことで、それまでの平穏な生活が無尽に荒らされていくように感じていました。父が帰った時、すでに五歳近かった私はなかなか新しい環境に馴染めなかったのだろうと思います。

そんな私を祖母が庇《かば》い、一層甘やかすようになりました。母は父と祖母と私の間に入ってどうすることもできず、次第にひねくれていきそうな私に戸惑っていたのではないでしょうか。私は祖父母と叔母に甘えながら、片方でそんな母親を甚振《いたぶ》っていたような気がします。

子供とは、案外残酷なものです。

黄色いカラス

祖父母が甘やかしてくれるぶん父母には懐かず、それがまた父を苛立たせ、癇癪の種になっていたようです。母もまた、父から手厳しく怒られていました。

中学生の頃、「黄色いカラス」という映画を観たことがあります。伊藤雄之助が演じる父親が長期のシベリア拘留から帰って、淡島千景が演じる母親と私と同年輩の少年と三人で暮らすようになるのですが、長い間離れていた親子はなかなかうちとけることができず、ある日、少年は学校で「黄色いカラス」の絵を描いてその精神状態が問題になるといった物語ですが、伊藤雄之助のアゴの長い不気味な顔、懐こうとしない自分の息子にどう接していいかわからず、苛立ちながら右往左往する表情に父親の顔を重ね、父と子の間でオロオロする淡島千景に母親を重ねながら涙して観ました。

主人公の少年を自らに重ね、世の中で理不尽な親子は自分だけではないのだと、妙に納得していました。

自分が子をもつ親となって、あの頃の父母が私を育てるのにどれだけ苦労したか、どれだけ心を傷めていたかに気付かされています。当時の母にとっては、おそらく今にも壊れそうなガラスの器を預けられたような気持ちではなかったでしょうか。

こましゃくれて、妙にひねくれて、それでいて繊細な一人の少年に、父も母もそして祖父母達も、さらには多くの縁ある人々が振りまわされ、阿弥陀様のはからいのなかで、一生懸命育ててくださった、そんな思いのこの頃です。

今はただ、亡き祖父母に、父母、叔母に感謝あるのみです。叔母もまた、智子を残して三十九歳で他界しているのです。

父の思い出から

戦地から帰った父は、それまでの空白を埋めるかのように我武者羅《がむしゃら》に働いていたような気がします。

日曜、祭日も夜も昼もありませんでした。

真冬の明け方、

「二時間前にネオフィリン（気管支拡張剤の注射液名）で治まっていたのに、もう発作が起きたのかい」

などと言いながら、母が纏《まと》いかけるオーバーコートを着て、自転車で雪の中を患者の待つ家へ向かう姿を見たことがありますが、真冬でも一晩の内に二、三回の往診など決して珍しいことではありませんでした。

当時の田舎の開業医として、それは当り前の日常であっただろうとは思いますが、その肉体的、精神的疲れが一層父を癇癪もちにし、家族に八つ当りしているようで、

「こんな医者なんか俺は絶対にならない」

と、中学、高校時代、父から逃げまわり、医者になるのを拒み続けたのでした。

もっとも、医学部に入る実力がついていなかったということの方が本音ではありますが。

前にも書きましたが、患者さんからは慈父の如くに慕われていた父ですが、身内には大変厳しく、時に理不尽なと思えるような叱り方をしていました。

中学三年生の春です。明日から修学旅行という日の夜、晩酌している父の傍に座って、

「明日から修学旅行に行ってきます」

と言いました。

「なんしに行くとか」

「…………………」

「何をしに行くのか」

「旅行をすることで見聞を広め……」

そんなことを言い始めた時でした。

「目的のない、物見遊山の旅行など行く必要はない」

それから一齣《ひとしき》り、説教が始まりました。暫くして、

「ミハウエニ、オノレッチノトシタニツキ、スデニヤムノミナカホドニック。これを漢字に書いてみろ」

と言うのです。わかりません。ただ、黙ってうつむいていました。

すると、やおら立ち上がった父は、部屋の隅に掛けてある小さな黒板に「巳、己、已」と書きました。

「だいたい、今の中学生は学校で何を勉強しているのだ。このぐらいの漢字も書けないで、それでもお前は三年生か」

延々と説教は続きます。やがて父が厠《かわや》に立ったのを汐に、母が横から、

「今のうちに引き上げなさい」

と言ってくれました。階下では、母とお手伝いさんを肴に父の晩酌はいつ果てるともなく続いていました。

修学旅行から帰って数日後のことです。

「キシャノキシャガキシャデキシャシタ」

紙に書いて母のところに持っていきました。

「母ちゃま、これ漢字で書ききるね」

「さあ……」

「父ちゃまは書ききんなさるじゃろうか」

それは、当時どこかの新聞社の入社試験問題と聞いていましたが、

「貴社の記者が汽車で帰社した」

と書くのです。

その夜、

「くだらん、役にも立たんことばかり覚えんで真面目な勉強をしろ……」

また、一齣り説教が始まりました。

新たに説教の種を提供したようなものだったのです。

私がガンになったわけ

その一・因果？

私がガンになったのは、偶然ではないような気がします。

科学的にみれば、原因があっての結果ですが、このことは後ほど検証します。

仏教的にみれば「カルマー（＝因果）」ですが、カルマーといっても前世の報いとかいった世代の輪廻ではありません。自業自得、神の手か、仏の手か、祖霊の手か、誰かが「おいでおいで」をして私を呼んでいるのを感じるのです。私はこれまで自分で一生懸命にやってきたつもりですが、医者になって三十数年の間には、医者の頑張りが患者さんの幸せに必ずしも繋がっていないことや、未熟さ故の、あるいは心の通わぬ診療による患者さんの悲惨な最期などを多々経験してきました。

これは決して私の自嘲や衒《てら》いで言っているのではありません。かつて東大の沖中教授は退官の折に、先生ご自身の誤診率を三〇パーセントと発表されましたが、沖中先生ほどの大家の誤診率は特別のものとしても、医者の見立て違いや、頑張り過ぎによる弊害や、未熟さ故の失敗や、人間的温もりを欠いた診療による患者の悲劇など、決して希ではありません。

「……医者の見そこないは、よくあることだ。いや、見そこないのほうが多い。私は医者の言う事はあまり信用しない性質である」（『薄明』「病の人間学」太宰治）

「お前はもう娑婆には必要ない。これまで自分ではそれなりに頑張ってきたつもりかもしれないけれど、お前の頑張りや未熟さのためにかえって苦しんだ人、命を縮めた患者さんも多くいるんだよ。もうよい。おいで、おいで」と足元を照らす提灯の燈《あかり》が、私をあちらへあちらへと導いていくような気がするのです。

因果という目で見ると、「ファイナルステージを考える会」世話人の小山ムツコさんが、乳ガンの骨転移で余命六カ月と告げられてなお七年以上も生きてこられたという不思議議にも説明がつきます。

病を得ることによって体験したものを、人々に伝えるためのメッセンジャーとして選ばれた人。そう考えると、あのバイタリティーも、人を動かす説得力も納得がいきます。

多分、ご本人には、「こんなつらい思いをしてなんで生きなきゃあいけないの」との思いがあるのかもしれませんが、神仏に賢者として選ばれた人、そう思えば全ての行動が理解できるのです。

キリスト教では「神の愛の摂理のままに」というのでしょうが、仏教では「み仏のはからい」です。

確かヒンズー教の話の中に、こういうのがあります。

神に召された三人の兄弟が、神の前にいます。

生前、賢く善行を重ね、良き市民として長寿を全うした長男と、幼くして早世した次男と、乱暴者で悪行の限りを尽くしてなお長生きした三男の三人です。

神様がおっしゃいます。

「長男よ、お前は賢く、行いも善く、模範的に生きてきた。だから私はお前を長生きさせたのだよ」

そこで、次男が神様に訊ねます。

「神様、私は人生の喜びも楽しみも知らず、幼くして天に召されました。何故なのですか」

神様が答えます。

「お前の未来はひどいものだった。長生きすれば、悪行の限りを尽くし、世の中に害をなすことがわかっていたから、その前に私のもとへ呼んだのだよ」

次いで、三男が神様にたずねます。

「私は乱暴者で、悪行の限りを尽くし、それでも長生きしました。それはなぜなのですか」

その問いに対する答えは、今もなお謎のままだそうです。

その二・食道ガン、私の場合

さて、私の話に戻します。

私が食道ガンになったわけ。科学的に見た原因と結果について検証します。

ガンは遺伝子の異常によって生じる病気です。正常な細胞の遺伝子が様々な原因によって異常をきたすとガン細胞になります。

人間の身体組織は、約六十兆個の細胞からなっています。この組織は古くなると死滅脱落し、代わって新しい細胞ができて組織の形や機能を一定に保っていますが、この世代交代の過程で、細胞内の遺伝子に突然変異が生じ、異常な細胞がコピーされて増殖したものがガンです。

厄介なことに、このガン細胞は自分がいつ分裂をやめるべきか知らないという特質をもっています。正常な制御機能を失った細胞であり、放置すれば個体を死滅させるまで増え続けるのです。さらに血流やリンパの流れに乗って、他所でも増殖するという特質があります。このガン細胞が食道粘膜で増殖されたものが、「食道ガン」です。ガンは一般にもって生れた素因に、ライフスタイルや環境が強く影響して発病するとされています。

食道ガンの病因は他臓器のガンと同様に不明ですが、従来から食道粘膜の化学的、物理的刺激、ことに食餌習慣が重要な発生誘因の一つであると指摘されています。

熱い飲料をとる習慣のあるアルゼンチンの国民やアフリカのある部族で食道ガンが多発することや、トウガラシをたくさん摂《と》るハンガリー人に多いことは有名です。中国やロシアなど、強いアルコール飲料を常用する地方に多発することも知られていますが、日本での頻度はこれまで、胃ガンの九分の一、死亡統計では胃ガンの十分の一と、あまりポピュラーではありませんでした。しかし最近では、高見順、江國滋、赤塚不二夫など有名人の発病もあり、しだいにありふれた病気になってきたようです。

さて私事ですが、素因はあります。父が口腔底ガンで手術を受け、二年後に再発、再手術の途中で心筋梗塞を併発して死亡しています。六十九歳でした。素因的には、似たような場所にガンが発生しやすいとの報告があります。胃ガンの家系には消化器のガンが、肺ガンの家系には呼吸器のガンが発生しやすいのです。

環境因子ですが、私はそれほど熱い飲料を常用したことはありません。トウガラシ、ワサビ、ショウガなどの香辛料は好きですが、ハンガリー人や韓国人に比べれば微々たるもののはずです。アルコールもビールは確かにほとんど毎晩欠かしませんでしたが、あまり度の濃いアルコールを常用したことはありません。強いてあげれば、若い頃からあった「食道逆流症と食道痙攣」に、ビールを常用することによる刺激が誘因となったのでしょうか。正常食道よりも食道狭窄のある例に、若い年齢層から食道ガンが多発していることがわかっています。

いずれにしろ、私には素因も誘因もあったというわけです。

医者とはいえ、知識はあっても実情はこんなものです。

病人でいるコツ

聖路加《ルカ》国際病院の日野原重明先生の著書の中に、「年をとるのにコツはいらないが、年寄りでいるということについてはコツがいる」という言葉があるそうですが、同様に、「病気になるにはコツはいらないが、病人でいるということにはコツがいる」と言えるかもしれません。

病人でいるコツ。それはまず、病気になった己を責めないことです。

「生老病死」は、我がはからいにあらず。

「病《やまい》」もまた、天からの授かり物です。

病を得たことで、今、現実に生きている自分を実感することができますし、病気の苦しみ、悩みを楽しみ、生き甲斐に変えることもできるはずです。すぐれた文学が病を背景に世に送り出された例は、枚挙にいとまがありません。

「兎角に人の世は住みにくい」（『草枕』）と世間を憎んできた漱石は、『修善寺の大

患』（四十四歳の夏目漱石は胃潰瘍を患い、療養先の伊豆の修善寺の旅館で大吐血し、人事不肖におちいった）の後、

生きて仰ぐ空の高さよ赤蜻蛉

と、生き返ってふと仰いだ空に感激し、病中のことをつづった『思い出す事など』にこう記しています。

四十を越した男、自然に淘汰《とうた》せられんとした男、さしたる過去を持たぬ男に、忙しい世が、これほどの手間と時間と親切とをかけてくれようとは夢にも待設《まちもう》けなかった余は、病《やまい》に生き還《かえ》ると共に、心に生き還った。余は病に謝した。また余のために、これほどの手間と時間と親切とを惜まざる人々に謝した。そうして願わくは、善良な人間になりたいと考えた。そうしてこの幸福な考えをわれに打壊す者を、永久の敵とすべく心に誓った。

病気によって、心に生き還ったことに感謝し、あの辛辣な漱石が、「善良な市民に

なりたい」と心身の多幸感を吐露しているのです。

さらに、同じ心境を次のように記しています。

自分は今危険な病気からやっと回復しかけて、それを非常な仕合《しあわせ》のように喜んでいる。そうして自分の癒《なお》りつつある間に、容赦なく死んで行く知名の人々や惜しい人々を、今少し生かして置きたいとのみ冀《こいねが》っている。自分の介抱を受けた妻や医者や看護婦や若い人たちをありがたく思っている。世話をしてくれた朋友《ほうゆう》や、見舞いに来てくれた誰彼《たれかれ》やらには、篤《あつ》い感謝の念を抱いている。そうして此《こ》処《こ》に人間らしいあるものが潜《ひそ》んでいると信じている。その証拠には此処には此処に始めて生き甲斐《がい》のあると思われるほど深い強い快《こころよ》い感じが漲《みなぎ》っているからである。

病気ゆえに体験することのできた「幸福」の発見、世間への「感謝の念」であり、その後妻あての手紙に書いたように、「しばらく休息の出来るのは病気中である。其病気中にいらいらする程いやな事はない。おれに取つて難有《ありがた》い大切な病気だ。どうか楽にさせてくれ」と、漱石にとっても、病気は「難有い大切な」贈りものだったのです。

健康でいる時、人は日常生活や人間関係に流され、本当の自分というものを意識し、確認することはなかなかできないものです。

ところが、病気になると、日常的な生活や人間関係から引き離され、病苦という他人と共有しにくい心身の出来事に直面させられ、誰しも否応なく自分と向き合わざるを得なくなるのです。

病むことによって人は否応なく真の「自己」に引き戻され、健康な日常生活ではほとんど考える機会も余裕もなかった「まことの我」、「真の自己」を認識するのです。

病はまた、人と人との出会いの場にもなります。

病気になったため、また入院したため、健康でいる時は到底会う機会もなかった人との出会いも体験します。

病んで光より早いものを知った
病んで金剛石より固いものを知った

病んで
花より美しいものを知った
病んで
海より遠い過去を知った
病んでまた
その海よりも遠い未来を知った

病いは
金剛石よりも十倍固い金剛石なのだ
病いは
花よりも百倍も華麗な花なのだ
病いは
光より千倍も速い光なのだ

病いはおそらく
一千億光年以上の
ひとつの宇宙なのだ

これは村上昭夫という肺結核のため四十一歳で亡くなった（昭和四十三年）詩人の、「病い」と題された詩です。

「詩を書こうとした動機は、宮沢賢治の童話を読んだのが最初でした」と語っているそうですが、その賢治は教え子に次のように語ってきかせているそうです。

病気は決して不幸とばかりいえない。病気のためにその人が以前の健康なときにも増していい精神をもったり、いい肉体をもち得たりするものだ。もちろん病気はけっして喜ぶべきことではないが、その病気の取り扱い方によっては、その人に一歩前進させることのあるのも事実なのだ……。

病人でいるコツ。それは、「健康のときには見えなかったことが、病気になったゆえに見えることがあり、健康のときにはできなかったことが、病気になったゆえにできることがある」ことに、一日も早く気づくことです。

『おい癌め』

おい癌め酌みかはさうぜ秋の酒　　　滋酔郎

これは、一九九七年にやはり食道ガンで六十二歳で亡くなられた俳人江國滋《えくにしげる》（滋酔郎）氏の辞世句です。

『俳句と遊ぶ法』の一章に、「もっけの病気」との前書きがありますが、「敗北宣言」と書かれているそうです。

――病中吟」と書かれているそうです。

「子規《しき》を見よ、三鬼《さんき》を見よ、波郷《はごう》を見よ、すぐれた俳人のすぐれた俳句はみんな病床から生れているではないか」

「もっけの幸いという言葉があるが、もっけの病気、というふうに考えることにしたら、それこそ好機逸すべからず」とあり、こんど病気になったら「病める自分をひたと見つめて、三句でも五句でも、どうだ、と人様にいばれるような病中吟を詠んでみよう」と書いてあります。

「『病』それは闘うものではなく、自らの生のうちに引き受けて折り合うべきものではないか」

と何かで読んだことがありますが、特にガンという病気は罹ったからすぐに死ぬというものではありませんし、必ず死ぬとも限りませんが、死を意識しながら生き続けなければならないことは確かです。

ガンの治療は現在、手術療法、化学療法、放射線療法に加えて、最近では遺伝子治療なども行われていますが、まだ確実な方法はなく、二十世紀中にガンを制圧することは不可能です。

今のところ、ガンと告知されたら自らの身の内に引き受けて、折り合って生きていくしか仕方がないのかもしれません。

「オイ、ガンめ、宿主は俺ぞ。宿借りがいばるな。まあ、一杯飲もうや」

病を得て昇華された魂の発露。

滋酔郎氏は百八十四日間のガンとの闘いの中で、五百四十五句の俳句を遺されました。その中から目についた数句を紹介します。

冴返る「癌です」と医師こともなげ

残寒やこの俺がこの俺が癌

見おさめかと思ふわが家を出れば春

点滴と歩く廊下に春日差す

三枚におろされているさむさかな

死神にあかんべえして四月馬鹿

新しき食道にまづビールかな

夏は来ぬわれは骨皮筋右衛門

茂るもの髪、爪、髭とそれに癌

死が勝つか時間が勝つか夜の秋

私とガンの付き合い方

私は今、自分がガンになったことを決して不幸なことだとも不運だとも思ってはいません。

神仏があたえてくださった貴重な成長のチャンス、私自身の人生を締め括るにふさわしい大切な経験だと真摯に受け止めています。

大学の先輩K医師が「とにかく読め」と、お見舞いに持ってきてくださった『神との対話』という本の中に、「(神からの)いちばん力強いメッセージは経験だ。ところが、それさえ、あなたたちは無視する。とくに、経験を無視する」とあります。

ガンは確かに苦痛を伴います。これからどうなるのだろうか、との不安もあります。確実に死に繋がったとの絶望感もあります。しかし、同時に、何よりも死に至るまでの時間があります。

死は、人間の成長の最後のチャンスなのです。

苦労も努力もいりません。経験はすべて、本当の自分を創りあげるために活用できます。

起こった出来事に左右されるだけの人間であることもできるし、出来事に対してどうありたいか、何をするかという決断を通じて、どんな人間になるかを選ぶこともできるのです。

『神との対話』の中には、次のような言葉があります。

あなたは身体によって何かを生むために、この地上にいるのではない。魂によって何かを生むために、この地上にいる。身体は魂の道具に過ぎない。身体を動かす動力は、あなたの精神だ。だから、あなたが地上にもっているのは、魂の欲求に従って創造するための動力機械なのだ。

魂は、計画どおりの経験ができるようにと、正しい完璧な機会にあなたを導く。魂が思いをいだき、精神が創造し、身体が体験する。

『臨済録』の中には、「随所《ずいしょ》に主《しゅ》と作《な》る」という名句があります。何物からも自己を乱されることのない無碍自在《むげじざい》なことを指しますが、己に起こった出来事を嘆いたり怨んでいたのでは、心が空虚になります。それは非難したり批判したりしている相手に、自分の大事な時間を支配されていることなのです。相手を批判したり、怨んだり、罵ったりしている時には、その相手に、自分の心を完全に支配されているということです。

『神との対話』の中では、「抵抗すれば相手はかえって強くなるが、見つめれば相手は消える」と説いています。

抵抗するということは、相手に生命を付与することだ。エネルギーに抵抗すれば、エネルギーをそこに発生させることになる。抵抗すれば抵抗するほど、相手は実体をもつ。何に抵抗しても、これは同じことだ。
目を開いて見つめれば、相手は消える。相手は幻想という実体をさらけ出す。
あなたが何かを見つめれば――ほんとうに見つめれば――相手を見透かし、それが幻であると見抜くから、究極の現実以外は何も残らない。究極の現実の前には、小さな幻想など何の力もない。相手は弱くなった手であなたをとらえておくことができなくなる。あなたは相手の「真実」を見きわめ、それによって自由になる。

禅の教えに「莫妄想《まくもうぞう》」という言葉があります。「妄想する莫《なか》れ」との禅の巨匠・無学祖元の教えですが、妄想を捨てれば、現実はありのままに見えてくる。そうなれば恐れるものはないというのです。

ガンは勿論、妄想でも幻想でもありません。私の身体に起きている究極の現実ですが、しかし私が抱えている不安の大半は、妄想や幻想に基づくものであることも事実です。

自己を失わず、自己を乱さず、ガンと共存しながら、私が初めて経験する生を楽しみたいのです。

「人生二度なし」。一度きりの人生だからこそ、今を大切に、現在を心豊かに生きたいのです。

先ほどから右肩が疼いています。食道ガンから転移した肺ガン巣が広がり、肋骨を溶かし始めているのです。

西川喜作氏はその著書で、「痛みが生を実感させてくれる」と書かれているそうですが、私も最近まさしく生きていることを実感するにふさわしい肉体の痛みを感じるようになってきました。生老病死が苦なら、生が間違いなく苦であることが伝わってくるようになったのです。

できれば、苦痛はあまり体験したくありませんが……。

〔二〇〇〇年二月一日〕

ガン性疼痛のコントロールについて

末期ガン患者の七〇パーセントは、症状として痛みを訴えるといわれています。私も現に食道ガン手術後一年目に肺へと転移し、さらに肋骨へ浸潤した頃から右肩から胸背部への痛みが出現し、鎮痛剤が必要となりました。現在、ペンタゾシン錠二五ミリグラムを一日に三ないし四回服用と、インドメタシン二五ミリグラム座薬を朝夕使用し対処しています。

ガンによる痛みの特徴はかなり激しく、いつ終わるかわからないまま持続することです。放置すれば睡眠は妨げられ、食欲をなくし、体はしだいに衰弱していきます。疼痛のため鬱《うつ》状態となり、さらに強い痛みは人格を崩壊させ、生きる意思をも喪失させます。

痛みは決して愉快な経験ではありませんし、できれば痛みから解放されるに越したことはありません。

幸い最近のWHO方式のマニュアルに沿った鎮痛対策は、かなり確実に痛みを取り除き劇的な効果を示しています。現在、ガンの痛みに苦しんでいる患者さんの九六パーセントを救えたとの報告があります。

ある五十七歳の男性の肺ガンの患者さんは、三カ月しかもたないだろうとみられていたのが、痛みから解放されると生きようとする意欲が出てきて、積極的にガンの治療を受けるようになり、退院できるほどに体調がよくなったとのことです。その後入退院をくり返しながら、一年半を生きたと報告されています。

現在行われているWHO方式によるガン性疼痛コントロールの骨子は、通常の鎮痛薬と弱い阿片系麻薬とモルヒネなどの強い阿片系麻薬の三種類、それぞれの特性をはっきりさせて、それらを痛みの程度に応じて段階的に使う三段階方式にあります。さらには時刻を決めた規則正しい、継続的なモルヒネの投与によれば命を縮めることなく、効果的に痛みをなくすことができるのです。

痛みは患者自身にしかわかりません。

患者自身が訴えない限り、医師や看護婦には伝わりません。痛みは計測できず、眼にも見えないのです。

痛みは早めに訴えて、軽いうちに治療すれば速やかに取り除かれますし、少ない薬量で効果を発揮するのです。痛み治療の最終目標は、痛みの消失が続き、患者の生活状況が平常に近づくことです。

これには段階的にアプローチしていくのが実際的です。

第一目標——痛みに妨げられずに夜は良眠できる状態

第二目標——安静時に痛みがない状態

第三目標——体動時にも痛みがない状態

「ガン患者の痛みは治療できる症状であり、治療すべき症状である」（ＷＨＯ一九八七）とされています。

また、ガン患者の持続性の痛みに鎮痛薬を効果的に使用するには、守るべき基本原則があります。

◎できる限り簡便な経路で投与する（経口投与が最も望ましい）。

◎効力の順に鎮痛薬を選ぶ（ＷＨＯ三段階除痛ラダーに沿って選ぶ）。

◎どの薬も少量で開始し、個々の患者の痛みが消失する量にまで漸増していく。

◎時刻を決めて規則正しく投与し、頓用指示をしない。

◎その上で、細かな点にも配慮する（患者の心への配慮、副作用防止策など）。
患者からいえば、痛ければまず訴える。鎮痛対策を受けたら、痛みの軽減消失の状況を詳しく伝えるのです。できれば副作用についても充分伝え、その対策を受けることです。

ガン性疼痛治療の進歩はここ二十年来のことで、現場での普及は十年ほど前からというのが実情です。かつては、「麻薬は中毒を起こす。一度使用するとやめられなくなり、長期間常用すると廃人となり、寿命を縮める」という見方がありましたが、これは誤解です。

『日本薬局法』という薬の辞書のような本があります。これには、鎮痛治療のための塩酸モルヒネの極量は、内服では一回二〇ミリグラム、一日六〇ミリグラム。皮下注射では一日三〇ミリグラムまでと記されていたのですが、現在では「極量」（投与量の安全限界）という言葉は削除され、必要なら五〇〇ミリグラムから一〇〇〇ミリグラム以上の投与も可能になっているのです。

とはいえ、モルヒネは様々な作用をもつ薬ですから、鎮痛を目的として用いれば、それ以外の薬理作用はすべて副作用となります。したがって長期反復投与では、副作用防止策を的確に行わなければなりません。

最も多い副作用は消化器系で、便秘と嘔気、嘔吐です。次いで中枢神経系の眠気、混乱がありますが、これらの副作用はいずれも制御可能で予防的、あるいは対症的に的確に対処することができます。

胃潰瘍や骨転移巣の痛みについては、モルヒネの効果は不充分な場合があります。その時は、中枢性鎮痛薬とともに末梢性鎮痛薬インドメタシンを併用すると効果的です。放射線治療は最も有効ですが、他に神経ブロックや脳神経外科的治療も可能です。

先にも書いたように、ガン性疼痛のみならず、痛みは自覚的なものですから、本人にしかわかりません。強い痛みは放置すれば、主として神経系ホルモン系を介して身体に悪影響を及ぼします。

痛ければすぐに訴えることです。

「患者には、痛みをコントロールするために十分な鎮痛薬を要求する権利があり、医師にはそれを投与する義務がある」(WHO一九九三)

もはや痛みを我慢する必要はないのです。

〔二〇〇〇年三月九日〕

【付記】

一、一九九八年の厚生省人口動態調査によると、九三万六四八〇人の死亡者数のうち、ガン（悪性新生物）による死亡者は二八万三八二七人で、全体の三〇・三パーセントを占めています。

二、モルヒネは痛みを取るだけでなく、抗ガン作用もあることが最近明らかになってきました。

最近の研究によると、「モルヒネががん細胞の増殖を抑えることと、モルヒネが肝臓で代謝されてできるM６Gという物質はモルヒネよりさらにガン細胞増殖の抑制効果をもつことが、試験管レベルでは確かめられています。従来は、モルヒネの投与によって痛みが解消し、精神的な安定や食欲増進の効果があるため、延命できると推測されていたが、モルヒネが構造的にがん細胞の自殺（アポトーシス）を促進することがわかってきたもので」す（『患者の言い分』山内喜美子著より抜粋）。

心のない医療

それは、外科医院を開業して十二、三年目頃のことです。

その頃、私の診療所は外来の患者さんもそこそこに増え、十九ベッドの入院施設はほとんど満床の状態が続いていました。時には院長室を空けて病室にするようなこともありました。そんな折、私の足は病室からしだいに遠のくようになりました。

回診をしなくなったのです。だいたい毎日一回は病室へ顔を出すようにしていたのですが、その回数が減ってきたのです。

当時、一日百人前後の外来診療と週に二、三件の手術と十数軒の往診をほとんど一人でこなし、時間的にゆとりがなくなっていたのは事実です。それでもなんとか努めて病棟へ上がるようにしていたのですが、それもお昼休みや夕食後など、ナースステーションに看護婦もいない時間帯に一人であたふたと病室をまわり、時には気になる患者さんだけを診て下りてくるといった有り様でした。

そのうちそれさえも、回数が少なくなりました。

誤解を恐れずに言えば、「入院患者は、我が掌中にあり」というか、入院患者さんは、私が毎日診なくとも、病棟の看護婦や病棟婦やその他、院内の誰かがいつも見ており、何かあれば私のところへ情報が入ってくるはず、といった思い込みもあったのかもしれませんが、本当の理由はもっと別のところにありました。

その当時、常時一人、二人の末期ガンの患者さんが入院しておられました。その頃は、ガン患者さんには、本人がガンであるとの告知はほとんどしていませんでした。最初は、「さあ、頑張って暖かくなったら退院しましょうね」とか、「今日は顔色がいいですね」とか言っていますが、時が経っても病状はよくならず、患者さんの目はすがるような目から怒りの目へ、そしてやがてうつろなあきらめの目へと変わっていきます。

信頼して受けているはずの治療が治療前より状態が悪くなっただけでなく、抗ガン剤などの治療がもたらす苦痛と、進行するガンのために、全身状態は明らかに悪化しているのです。しかし、本人にガン告知していない手前、回診の度ごとに嘘に嘘を重ね、なんとかその場をごまかしていかなければなりません。

偽りの希望、本音を出せない会話、何もしてあげることのできない非力さと、真実を伝えることのできないもどかしさの中で、回診がしだいに億劫で大義なものとなるのです。そのうちに慌ただしく、そそくさと逃げるようにして、患者さんの側を離れるようになりました。

死に行く患者さんとどう心を通わせるのか、どう向き合えばよいのか、どうすればよき死のお手伝いができるのか、そういった意識はあまりなかったように思います。ガン末期の患者さんに、どう対応してよいのかわからないまま医療を続けていたのです。医師は治る可能性のある患者さんの治療には真剣になりますが、もはやなんの手立ても無効だとわかった患者さんの前では、敗北感に打ちひしがれているのです。

しかし、臨終となると違います。

医師や看護婦の多くは、臨死患者に対する人工呼吸や心臓マッサージなどの蘇生術は医療の当然の義務と考えているのです。ようやく出番が来たとばかりに、俄然はりきって心肺蘇生術を施して、なんとかして延命を図ろうとするのです。

時にはその効果で、数日、あるいは数週間を延命できることもあります。

心肺蘇生術を施し、チューブ栄養を行うことで、たとえ治すことはできなくても、臨終の時間をいくらかでも引き延ばすことで、医療者としての出番が来たと錯覚します。

勿論、なかには家族と話し合って、「これ以上延命するのは苦痛を長引かせるだけだから、これからの治療は患者さんの痛みを取り除くことだけにしましょう。最後はご家族で暖かく見守ってあげてください」といった症例もたくさんありますが、それでも臨死状態になると何もしないというわけにもいかず、つい蘇生に手を出すこともあるのです。

それに、これも誤解を恐れずに言えば、その当時私には「ガン末期の患者さんは、医療機関にとって大事な財産である」との思いがありました。保険診療もガン末期の治療となれば、かなり濃厚診療を認めていましたし、一日でも二日でも延命できれば、その分治療費が増えるのです。

濃厚治療といっても、診療所でする行為など、大病院にくらべればたかが知れていますが、それでも医療機関にとって大きな収入源であることは確かです。

とにかくなんとかして死から引き戻し、一日でも、一時間でも息永らえさせることこそが医療者の務めであるとばかりに懸命の努力をするのです。この時、患者さんはほとんど意識はなく、そこには会話も、心の触れ合いも必要ないのです。あるのは一分一秒でも患者さんの命を延ばそうとする延命至上主義の、現代医学の教育を受けた医師の義務感だけなのです。そこには、死に行く人に対するやさしさも畏敬の念も哀悼もありません。

しかしそうやってなんとか蘇生に成功し、たとえ数時間でも延命できれば、それで医療者としての務めを果たしたと納得できるのです。

ガン末期など不治の病で死を迎えようとしている患者さんに、そんな治療がどれだけの意味があるというのか、そんな虚しい思いをしながらも、現に私自身も自分が病に倒れるまでそんな治療に携わってきました。そこでは、患者さんの立場や心を踏まえた医療は置き去りにしていたのです。

本当の患者さんと医師の関係は、医学的知識だけでは割り切れぬ人間と人間の心の触れ合いなのです。

私の今回の病気は、忙しさの中で医の心、仁の心を忘れかけていた私に、神仏があたえてくださったゆとりの時間なのかもしれません。

しかし、人生に消しゴムは効かないのです。後戻りはできません。心のない医療の中で、先に往った患者さん達に、今は素直に謝れる人間でありたい、そう願うばかりです。

昭和四十三年、医師国家試験に合格した時、父に、「引導をわたせる医者になれ」と言われたのを、改めて思い出しています。

引導医者

「引導をわたせる医者になれ」

それは、私が医師国家試験に合格した時、その祝の席で父が説いてくれた臨床医としての心構えですが、いつのまにか心の片隅に押しやっていたような気がします。

「医師としての温かさの大切さ」を伝えようとした父の訓《おし》えですが、多忙と近年の効率至上主義の医業経営の中で、いつのまにか大事な仁の心を置き去りにしてきたようです。

「引導をわたす」とは、仏教用語で「迷っている衆生を導いて悟道に入らせること。最後の決意を宣告してあきらめさせること」(『広辞苑』)ですが、かつてはかかりつけの医者が受け持ち患者の最後を尊厳をもって看取るのは当り前のことだったのです。

最近、偶然に本屋さんの書棚で、『引導をわたせる医者となれ』と題した一冊の本を見つけました。著者は比企寿美子《ひきすみこ》と記されていますが、昭和二十年代に九州大学医学部第一外科教授をしておられた三宅博《みやけひろし》先生の長女にあたる方とのことです。

本の内容は、著者の祖父である三宅速《はやり》先生の生前のエピソードと業績などについて書かれたエッセイ集ですが、私は僥倖の思いでその本を手にとりました。

三宅速博士を直接には知りませんが、浅からぬ因縁はあるのです。

三宅博先生は、私の恩師古賀道弘先生の外科医としての恩師であり、速先生はその父上であり、かつ九州帝国大学医学部第一外科において博先生の先代の教授であったのです。私からみれば、お二人とも雲の上の人ではありますが、師のまた師、さらにその上の師の話なのです。私は玄孫《やしゃご》弟子くらいにはあたるのです。

三宅博先生の人柄については折に触れ、古賀先生が披露しておられましたし、古賀先生が久留米大学第二外科教授を退職される前の開講記念会に臨席されていたので、一度だけ直接お顔を拝見したことがありますが、すでに相当にお年を召しておられたそのお顔は、手元の本に載っている速先生の写真にそっくりです。

その息子の博先生が医学部に進学したばかりの頃、速先生に、「お父さん、私はどんな医者になればよいのでしょうか」と訊ねられたそうです。その時の速先生のご返事が、「引導医者になることだ」であったのだそうです。

「患者さんやその家族に、『この人に脈をとってもらって死にたい』と、いまわの際に呼ばれるような医者になれ」

「そう言ってもらうためには、あらゆる書を読んで己れのものとし、良かれと思ったことは十分になす。自らの心も養わねばならぬ。患者さんが治療に未練を残さず、その手当てに満足しながら、あの世に行けるよう引導をわたすには、恕《じょ》して（心をこめて）治療にあたらねばならん。難しいぞ」

（『引導をわたせる医者となれ』比企寿美子）

今から三十年くらい前までは、「引導をわたせる医者」とは、臨床医の理想像だったのです。

しかし「引導をわたせる医者」とは、ヒポクラテスの誓いに裏打ちされたパターナリズム（父親的温情主義）が背景にあってはじめて成り立つもののような気がします。ヒポクラテスの誓いは、古代ギリシャの哲人医師ヒポクラテスが、医の倫理、医師の行動倫理について記した不朽の名言ですが、そこにあるのは弱者としての患者を、医師が父親のような立場で守り導く。患者を吾が子と思う心で診察する「医は仁術」の実践なのです。

「医師は、人間に対する深い愛情とその生命の尊厳に対して畏敬の念をもつことが不可欠であり、医師は全力をあげて患者のために努力するので任せておけ」、というものですが、癒すためには患者に不安をあたえるような悪い情報をあたえてはいけない。「寄らしむべし。知らしむべからず」なのです。

そこには、「患者に病気のことや治療法についてわかりやすく説明する」とか、「患者の意見をよく聞いて、患者の納得と同意の上で治療にあたる」といった姿勢はみられません。現代の「患者の知る権利」や「患者の自己決定権」、「説明と同意」などのもとでは、「引導医者」とは、すでに過去の遺物なのかもしれません。

今一つ、父が私に説いた「医の心」に、

「医を業となすは人のためにのみ。己のためにあらずといふことを其業の本旨とすべし」

というのがあります。これは、緒方洪庵の適塾の「医戒」と聞いていますが、後に、

「――安逸を思はず、名利を顧みず、ただ己を捨てて人を救はんことを希ふべし。人の疾病を復活し、人の患苦を寛解するの外他事あるものにあらず」と続くのです。

この言葉を、医学生の吾が息子に贈りたいと思います。

ヒポクラテスの誓い

医師アポロン、アスクレピオス、ヒュゲイア、パナケア、ならびにあらゆる神々と女神の前に誓う。私は自分の能力と判断に従い、この誓いと約束を守る。

私にこの技術を教えた者を自分の両親と等しいものと思い、生涯彼と協力して暮し、彼が金を必要としているときには私の持つものを与える。彼の子孫は父を同じくする兄弟と等しく思い――彼らがこの技術を学びたいと思うなら――報酬や契約なしに彼らにこれを教える。つまり私が習ったしきたり、教訓、口伝、その他あらゆる知識を私の息子、私に教えてくれた人の息子、医学の法則に従って契約に署名し、誓いをなした弟子たちに与え、他の誰にも与えない。

自分の能力と判断に従い、病人のためになる食養生法を用いる。患者を危害と過ちから守る。

頼まれても死に導く薬を与えず、その効果をほのめかすこともしない。同様に、女性に堕胎に導く方法は施さない。自らの生活と技術を純粋かつ高潔に保つ。

メスを用いることはしない。たとえ結石に苦しむ者に対しても。だがその仕事を得意とする者の手には委ねる。

　いかなる家を訪れるときも、患者の利益のみを考え、あらゆる故意の不正、あらゆる害悪に関わることなく、また特に自由人であると、奴隷であるとを問わず、女性及び男性との性的な関係を避ける。

　治療の過程で、あるいは治療以外においてでも、人々の生活について見聞きしたことがらを口外することなく秘密を守り、このようなことがらを人にしゃべることを恥と考える。

　この誓いを守り、犯さざる限り、私が生命と医術を享受し、常にあらゆる人の中で栄誉と名声を得ることを得さしめたまえ。もし誓いを破り、偽りの誓いをなすならば、すべてその逆の運命を与えたまえ。

（ルートヴィッヒ・エーデルシュタインより）

医師として患者として

私は昭和四十三年に医師の免許証を得、これまで三十二年間を臨床医として過ごしてきました。

これまで外科医として、ガン治療を行う立場に立ってきたのです。

その私が今、自ら食道ガンとなり、一介の患者となって、死に脅え苦痛に戦きながら日々を送っています。

「死は怖くない」、「いつでも死ぬ覚悟はできている」などと言いながら、実は必死になって死を模索しているのです。

十六時間の手術時間と十カ月間の入院。そして手術から一年後に見つかった他臓器への転移、これは決して楽観できる状態ではありません。臨床医として客観的にみれば、明らかにすでに手立てをなくした患者なのです。

「今までは人のことかと思いしに、俺の番かとこいつはたまらん」（蜀山人）

まさにそのままの心境です。

「人はその生に応じた死を選ぶ」とか。

人は生きたように死んでいくそうですが、私の死を規定する生はどんなものだったのか、今、改めて問い直しています。

私はこれまで医師として良医でありたいと努めてはきたつもりですが、私の努力がいつもよい結果を生んだとは言えないものがあります。

「結果が悪ければ全ては零《ゼロ》以下になる」

そう言われると、特に終末期医療における医師としての私の有りようは本当にあれでよかったのかと反省する時、暗澹《あんたん》とした気持ちになるものがあります。

「他人の痛みは何年でも堪えられるけれど、自分の痛みになると、一分一秒が堪え難い」

これは一九八一年に前立腺ガンで亡くなった西川喜作医師が柳田邦男氏に語った言葉だそうですが、私もまた今、一患者となって、人間というものが他人の「痛み」にいかに無頓着であるかを改めて実感しています。

ガン患者のクオリティ・オブ・ライフ（生命の質）とか言いながら、果たして本当に患者さんや家族の思いを真剣に受け止めていたのかどうか、患者さんの目線で物を視ていたのかどうか。死の間際になっての医療は、現在あまりに人間性を無視したものになっているような気がします。

前に「心のない医療」と題して書きましたが、近代医学における延命至上主義は、自然を攪乱し、死に臨む患者の尊厳を奪ってきたことは否めない事実です。医療者の側に患者の生き死にの決定権を移し、ともかくとことん患者を生かすことに熱心になって本人の手から死を奪ってきたのです。

私は今、上手に死ぬための手立てを模索しています。

人間の命をどう考えるかとか、苦しみからどう逃れるかとか、命とはなんなのかとか、医者として患者として、ガンになった者の生き様《ざま》を問うてみたいと思うのです。

やがて手術から二年が経とうとしています。長いと言えば長い、短いと言えば短い月日ですが、「ガン」と言われて手術を受け、三年、四年と過ごしておられる患者さんの気持ちが痛いほどわかります。

再発、転移の不安、死の恐怖、それはなかなか消えるものではありません。今、臨床医は、ガン手術後五年間は特別な意味をもつと考えています。つまり、五年再発がなければ多くの場合、ガンは治ったと考えられ、ある意味ではガンから解放されたことを意味するのです。

しかし、私の身近には末期ガンを宣告されて七年以上を生きてこられた方がいます。その精神力には頭が下がりますが、死を意識して生きていくことは決して楽なものではありません。

ハイデッガーが言うように、「死は確実に来る。しかし……」と、やはりその「しかし」にすがって生きていくしかないのかもしれません。

「死にとうない。念仏となえてもうれしくない。浄土へ急いでいきたくもない」と言った親鸞上人の言葉に思いを重ねながら生きているのです。

医者といえども、自分が病気になるとただの一介の患者です。強がってみても、現実は病に怯え、なんとかして今の立場から抜け出したいともがいているのです。死に際を格好よくと思いながら、実は迫りくる死に戦きながら呻吟しているに過ぎないのです。

■引用・参考文献（主要なもののみを掲載しています）

『かけがえのない日々』柳田邦男著　新潮文庫
『わたしの歎異抄』ひろさちや著　すずき出版
『死ぬための生き方』新潮45編　新潮文庫
『死ぬ瞬間』E・キューブラー・ロス著、鈴木昌訳　読売新聞社
『続　死ぬ瞬間』E・キューブラー・ロス著、鈴木昌訳　読売新聞社
『人は死ねばゴミになる』伊藤栄樹著　小学館文庫
『愛をこめいのち見つめて』柳澤桂子著　集英社文庫
『がんの痛みの鎮痛薬治療マニュアル』武田文和著　金原出版株式会社
『生き上手死に上手』遠藤周作著　文春文庫
『死生学　他者の死と自己の死』山本俊一著　医学書院
「仏教　特集＝死を見つめる」No.6　法蔵院
「微笑んでグッバイ」堂園晴彦　「西日本新聞」連載
『医療の倫理』星野一正著　岩波新書
『生と死が創るもの』柳澤桂子著　草思社
『私は、がんで死にたい　末期医療と尊厳死』大田満夫　社会思想社

『「死の医学」への日記』柳田邦男著　新潮文庫
『人生の短さについて』セネカ著、茂手木元蔵訳　岩波文庫
『他力　一〇〇のヒント』五木寛之著　講談社
『死について考える』遠藤周作著　光文社文庫
「現代　特集＝誇り高く『死ぬ』ために」一九九九年九月号　講談社
『病いの人間学』立川昭二著　筑摩書房
『大河の一滴』五木寛之著　幻冬舎文庫
『私のイエス』遠藤周作著　祥伝社
『無をもって、力となす。』赤根祥道著　二期出版
『人間としての生き方』松原泰道著　サンマーク出版
『余命6カ月から読む本』ファイナルステージを考える会編　海鳥社
『新内科学大系4』中山書房
『癌め』江國滋著　角川文庫
『おい癌め酌みかはさうぜ秋の酒』江國滋著　新潮社
『神との対話』ニール・ドナルド・ウォルシュ著　吉田利子訳　サンマーク出版
『患者の言い分「いのちの取材ノート」より』山内喜美子著　時事通信社
『引導をわたせる医者となれ』比企寿美子著　春秋社

あとがき

私の体にガンが見つかってちょうど二年目の春です。ようやく「あとがき」にたどり着きました。

「この本にエピローグはありません。終章は、私の死に様《ざま》を見ていただくことです」と書いて終わりにしようかと思ったのですが、それではあまりに身もふたもありません。誰彼とはなしに、死に様《ざま》を曝《さら》すというわけにもまいりません。

「男のロマンは、一生に一軒の家を建て、一本の木を植え、一冊の本を著すこと」とか。

私は五十八歳にしてそのすべてを成し遂げました。いつ阿弥陀様のお迎えがあってもいいように覚悟はできたつもりですが、自ら「死ぬ、死ぬ」と言い立てて、本当に死んだ人間はあまりいないそうです。このまま生きながらえば、物笑いの種、生き恥を曝すことになるのはわかっていますが、それでもできれば今暫くは娑婆にいたいと願っています。

「世の中に死ぬより楽はなきものを、浮世の馬鹿は生きて働く」

「一番楽は棺の中」

恬淡と生きるためには、書き物など残さない方がよい、などと言いながら、患者として医者として、生と死のはざまに心を揺らしつつペンを執りました。

校正刷りを読んでくれた知人に、「文章に感動がない」、「著者の生身《なまみ》の心が伝わってこない」と言われました。

勿論、私の感性の乏しさと文章力の拙《つたな》さのゆえではありますが、「われわれは、太陽をずっと見続けることができないのと同じように、ずっと死を直視していることもできない」のです。

ふっと、筆が逸《そ》れてしまいます。

「生と死」は現代のキーワードになっていますが、右肩上がり志向の社会にあっては、死に関する話題はともすれば避けられ、無視され、拒否される傾向にあります。

しかし、誰も死から逃れることはできません。

人間は、生れる時は自分の意志とは無関係に生れてきますが、死ぬ時は自覚して死ぬことができるのです。

「私は人の手本にはなれないが、見本くらいにはなれるだろう」
そんな思いでこの本を書きました。

災難に逢う時節には災難に逢うがよく候
死ぬる時節には死ぬがよく候
是はこれ災難をのがるる妙法にて候
良寛

本書を上梓するにあたり、「ファイナルステージを考える会」の波多江伸子さん、岩崎瑞枝さんにたいへんお世話になりました。また、海鳥社の古野多鶴子さんには私の逸《はや》る心をうまくさばいていただいて、お蔭で出版にこぎつけることができました。
この本の製作に携わっていただいた多くの皆様に、心から御礼申し上げます。とともに、私を支えてくれている妻と子ら、さらに多くの縁者に心から感謝します。

平成十二年四月
久賀征哉

久賀征哉（くが・せいや） 1942年1月1日，福岡県朝倉郡三輪町生れ。1968年，久留米大学医学部卒業。同年7月，久留米大学第二外科学教室入局。1976年，久留米大学医学部第二外科退局。同年10月，福岡県朝倉郡三輪町栗田に久賀医院を開院。

風に吹かれて
一開業医の食道ガン病床雑記

■

2000年5月31日　第1刷発行

■

著者　久賀征哉
発行者　西　俊明
発行所　有限会社海鳥社
〒810-0074 福岡市中央区大手門3丁目6番13号
電話092(771)0132　FAX092(771)2546
印刷・製本　有限会社九州コンピュータ印刷
ISBN 4-87415-311-9
［定価は表紙カバーに表示］